N & K

Enrique Vila-Matas

# Die merkwürdigen Zufälle des Lebens

ROMAN

*Aus dem Spanischen*
*von Petra Strien*

Nagel & Kimche

Diese Ausgabe wurde mit
einer Beihilfe für Bücher, Archive und
Bibliotheken des spanischen Ministeriums
für Unterricht und Kultur übersetzt.


Titel der Originalausgabe:
*Extraña forma de vida*

1 2 3 4 5 06 05 04 03 02


Herstellung: Meike Harms und Hanne Koblischka
Satz: Satz für Satz. Barbara Reischmann
Druck und Bindung: Friedrich Pustet
Printed in Germany
ISBN 3-312-00305-9

*Für Paula de Parma*

In der Liebe gibt es zwei Arten von Beständigkeit: eine erwächst aus der Feigheit, aus unserer Angst vor der Einsamkeit oder dem Abenteuer; die andere beruht darauf, dass es uns mit Stolz erfüllt, beständig zu sein.

Manuel da Cunha, *Der Spion der Calle Lisboa*

BEIM LANGSAMEN ERWACHEN, in der frühen Morgenstunde, in der man dem Tag im halben Schlaf noch behaglich entgegensieht, bot sich mir, als ich die Augen aufschlug, ein wahrlich verblüffender, ein völlig ungewohnter Anblick: Unser Sohn Bruno kauerte neben seiner schlafenden Mutter auf unserem Bett und starrte wortlos zu den Kristalltropfen der Deckenlampe. Völlig reglos starrte er in die Luft und kicherte nur ab und zu todernst vor sich hin.

Da ich ihn bis dahin nur mit hartnäckig zu Boden gesenktem Blick kannte, war ich davon so überwältigt, dass ich vor Schreck einen Schrei ausstieß, der Carmina weckte. Zu diesem Zeitpunkt hätte ich ahnen müssen, dass dieser Tag unvergesslich werden sollte. Denn merkwürdig war dann auch noch Carminas Versuch, die Angelegenheit herunterzuspielen und mir später, als sie den Jungen mit einer Menge Brillantine für den Mittelscheitel kämmte, meine Aversion gegen Bruno vorzuwerfen. Ihre heftige Reaktion war alles andere als normal, und ich hätte, wie gesagt, schon in dem Moment ahnen müssen, dass dieser Tag ganz ungewöhnlich verlaufen würde. Normalerweise mochte sie Bruno nämlich genauso wenig wie ich, weshalb ihr Tadel recht befremdlich und obendrein kaum gerechtfertigt war. Er klang fast wie Hohn. Bis zu dem Tag hatte sie mir noch nie meine Besorgnis über das Verhalten unseres gestörten Jungen, unseres missratenen Sohnes mit dem leeren Blick, zum Vorwurf gemacht.

Doch beunruhigender als die Frage, was Bruno fortwährend am Boden suchen mochte, war, dass ich ihn beim Aufwachen zum ersten Mal im Leben verzückt zur Decke starren sah. Anlass zur Sorge gab zweifelsohne auch Carminas merkwürdige Reaktion, die ich schließlich zu ignorieren beschloss. Ich wartete in aller Ruhe ab, bis beide endlich das Haus verließen. Das würden die Bedauernswerten in absehbarer Zeit tun, missgelaunt wie immer um diese Zeit, derweil ich, im Gegensatz zu ihnen, dem Tag behaglich entgegendöste. Carmina machte sich auf den Weg zu ihrem anstrengenden Arbeitstag im Sekretariat des Wissenschaftsmuseums und der Junge zum Treffen mit seiner Schülerlotsin, die ihn und andere Vorschüler des Viertels an der Schule abliefern sollte, wo Bruno sich dann, wenn er nicht gerade laut phantasierte, seiner Lieblingsbeschäftigung hingab: stur zu Boden starren.

Endlich brachen sie auf und ließen mir meine Ruhe. So spitzte ich wie üblich bereits um acht Uhr meine Bleistifte und sammelte Ideen für den Zeitungsartikel, den ich jeden Tag verfasste, eine Arbeit, die mir immer diebischen Spaß machte, denn solche Texte, bei denen ich mir alles aus den Fingern sog, kosteten mich nie mehr als eine halbe Stunde und entschädigten mich vielfach für die strengen Regeln, die ich in meiner sozialkritischen Romantrilogie über das Leben der Leute in meiner Straße, der Anwohner der

Calle Durban, zu beachten hatte. Der Roman sollte ein strikt realistisches Triptychon über die Menschen aus meiner Nachbarschaft werden, über die Parias, die Hungers sterben, die schlichten Gemüter der Calle Durban, die Gedemütigten und Erniedrigten, die vom Pech Verfolgten, kurzum: die *von ganz unten*.

Als ich den Artikel beendet hatte, beschlich mich wie immer ein Gefühl der Melancholie, bis ich mich endlich völlig lustlos dazu aufraffen konnte, die Arbeit an meinem Roman fortzusetzen. Ich brütete immer noch über dem vierten Kapitel des zweiten Bandes und kam einfach nicht weiter. Das Kapitel handelte von Vicente Guedes, dem Barbier der Calle Durban, einem sehr unzugänglichen Mann, der seine Frau und seinen Sohn durch einen Autounfall verloren hatte. Schon seit Tagen hatte ich Nachforschungen über ihn angestellt, ohne dabei viel über sein tragisches Leben herauszufinden, weshalb ich in meiner Verzweiflung einiges hinzuerfunden hatte. Vicente Guedes war weder bereit gewesen, über sein eigenes Leid noch über das anderer zu reden. Er hatte auf fast alle Fragen, die ich ihm im Laufe der letzten Tage in seinem Frisiersalon stellte, in dem ich unter dem Vorwand erschienen war, mein Rasierapparat sei kaputt und ich besäße noch keinen neuen, geschwiegen, was mir mein ganzes Konzept mächtig durcheinander warf.

Bis halb zwölf schrieb ich – oder mutmaßte – über das Leben von Vicente Guedes. Gewöhnlich pflegte ich so lange an meiner Trilogie zu arbeiten, um mir dann eine kurze Pause zu gönnen, in der ich nach der Post sah und die Tageszeitungen beim Kiosk am Ende der Calle Durban kaufte. An diesem Tag jedoch entdeckte ich, als ich die Wohnungstür öffnete, dass jemand versucht hatte, einen Brief unter ihr durchzuschieben. Verwundert und leicht beunruhigt – schlimmer als zuvor bei meinem vergeblichen Bemühen, mir das abweisende Gesicht des Barbiers, seine starre, vom Schmerz verzerrte Miene, vorzustellen –, bückte ich mich nach dem Brief und war noch erstaunter, als ich Rositas unverwechselbare Schriftzüge erkannte.

In ein paar knappen Zeilen eröffnete sie mir gnadenlos, sie wolle sich abends zwar meinen Vortrag in der Calle Verdi über «die mythische Struktur des Helden» anhören, doch das würde unser letztes Zusammentreffen für die nächsten fünf oder sechs Jahre sein, denn angesichts meiner Weigerung, mich mit ihr aus dem Staub zu machen, wolle sie ihrem Mann folgen und mit ihm eine neue Apotheke außerhalb Barcelonas eröffnen. Ihre letzten Worte lauteten: «Ich bleibe dabei. Es wäre traumhaft gewesen, mit dir durchzubrennen, aber du bist ja ein Feigling und bleibst lieber bei Carmina und dem kleinen Scheusal. Deine Sache. Ich werde deinen Vortrag nur besuchen, weil ich es dir versprochen habe, aber wenn du damit fertig bist und deine Zuhörer nicht länger mit der «mythischen Struktur des Helden» langweilst – was für ein Quatsch –, verschwinde ich von der Bildfläche, genau wie vor ein paar Jahren; und wie damals wirst du mich fünf oder sechs Jahre lang nicht mehr zu Gesicht bekommen, mein lieber abendlicher Schwätzer. Es wird dir schlecht ergehen ohne mich; jeder Tag wird wie heute sein, wie heute morgen; du warst völlig ahnungslos, als ich vor deiner Wohnungstür stand, du hast mich weder bemerkt noch gesehen. Wir waren uns so nahe und doch so unendlich fern, ferner geht es gar nicht.»

In entscheidenden Momenten meines Leben habe ich schon immer völlig kopflos reagiert. So auch an jenem Wintermorgen. Nachdem ich den Brief zu Ende gelesen hatte, bückte ich mich ein zweites Mal, diesmal völlig sinnlos und fast wie benommen, in der Absicht einen Brotkrümel aufzuheben, was ich dann unterließ, weil mir unverhofft das Zeitalter der Dinosaurier durch den Sinn schoss, als die Tage nur dreiundzwanzig Stunden dauerten. Wenige, endlos wirkende Sekunden lang kauerte ich ganz verwirrt auf dem Boden, gedanklich weit weg in der Frühgeschichte, bis mich schließlich die deprimierende Realität jenes Wintermorgens wieder einholte.

Rosita verließ mich, zweifellos machte sie Ernst, und das machte mir schwer zu schaffen, denn ich hatte insgeheim gehofft, sie nach ihrer perfiden Rückkehr wieder häufiger zu treffen und zu meiner Geliebten zu machen, sie erneut zu erkunden wie in alten Zeiten, damals, als es sie nie störte, wenn ich sie in unserem heimlichen Hotelzimmer zwanghaft anstarrte, während sie mir eine Zigarette anzündete und lächelnd über meine riesige Nase strich – nie habe ich mich daran gewöhnt, dass mich alle Cyrano nennen, es kränkt mich –, sie liebevoll streichelte und sagte, ich sei ein unbeschreiblicher *Voyeur*.

Aber ich machte mir keine Illusionen, dieser Brief warf mit seiner bitteren Nachricht alle meine Pläne über den Haufen. Es war unabänderlich, sie würde mich für lange Zeit verlassen. Mir blieb nur der traurige Trost, dass sie mich nicht endgültig verließ wie alle anderen Männer, sondern lediglich für fünf oder sechs Jahre, fast eine Ewigkeit. Nichts konnte ich dagegen tun. Meine einzige Chance war, sie vor dem Vortrag abzufangen und auf Knien anzuflehen, mich wenigstens nicht ganz so lange zu verlassen. Doch ich wusste, dass alle Worte, alles Bitten und Betteln sinnlos war, denn nur mit Taten konnte ich sie umstimmen; sie verlangte, dass ich mich auf der Stelle von Carmina trennte, wozu ich praktisch als Einziges nicht bereit war. Rosita war eine wahre Expertin im Verschleiß ihrer Männer, drei Scheidungen und eine Unzahl von abgelegten Freunden, die verloren und dem Selbstmord nahe durch die Welt irrten. Dem Apotheker, da hegte ich nicht die geringsten Zweifel, würde es keinen Deut besser ergehen; in weniger als einem Jahr würde sie ihn zum Teufel jagen. Doch was änderte das schon, denn offensichtlich wollte sie mich bestrafen. Wenigstens wurde ich, anders als alle anderen, nur bestraft und durfte immerhin hoffen, sie irgendwann wiederzusehen. Und sie würde um jeden Preis ihre Drohung wahr machen, für die nächsten fünf oder sechs Jahre aus meinem Leben zu verschwinden.

Andererseits durfte ich mir nichts vormachen: Wenn ich mit ihr durchbrannte, würde sie es nicht lange bei mir aushalten, denn sie machte sich einen Heidenspaß daraus, anderen Frauen die Männer auszuspannen, um sie bald darauf wieder zum Teufel zu jagen. Carmina war ihr genaues Gegenteil; sie hatte mir ewige Liebe geschworen und in der vollen Überzeugung, dass sie ihr Versprechen halten würde, am Tag unserer Hochzeit einen Spruch gesagt, den ich nie vergessen werde: «Ich möchte mit dir sterben.»

Wie ich es auch betrachtete – betrachten war schon immer meine liebste Beschäftigung –: ich hatte schlechte Karten. Eigentlich blieb mir nur noch eine Chance, nämlich die, Rosita mit Worten zu betören, mit den Worten meines Vortrags. Obwohl ich die Trennung nicht mehr abwenden konnte, wollte ich wenigstens dem Vergessen entgegenwirken, denn das jahrelange Schweigen, das meinen Argumenten am Abend in der Calle Verdi folgen würde, bliebe dann, so hoffte ich, doch mit einzelnen Worten aus meinem Vortrag oder zumindest mit deren verzweifeltem Echo erfüllt.

Schließlich sah ich ein, dass mir nur noch die Rolle einer gewöhnlichen Scheherezade blieb, eines hilflosen Scharlatans, der sich etwas vorgaukelt, indem er glaubt, er könne die Zeit anhalten und Rositas Richterspruch aufheben. Ich wollte sie mit meinen Worten anrühren, und zumindest deren Echo sollte Rosita in all den Jahren der Trennung als wohliges Raunen begleiten.

So pathetisch es klingen mochte, mir blieb keine andere Wahl. Folglich beschloss ich ruckzuck einen anderen Vortrag zu entwerfen als geplant. Ich wollte dem mythischen Helden freigeben und nur über Dinge reden, die Rosita erheitern oder rühren würden. Etwa darüber, dass ich mich mein Leben lang als Spion betätigt und alle Welt bespitzelt hatte. Darüber wollte ich reden und über die Affinität zwischen dem Spion und dem Schriftsteller, denn der eine wie der andere ist ständig auf der Lauer und spitzt die Ohren, und auf ihrer Suche nach einer Idee, die dem ganzen einen Sinn gibt, geraten beide leicht in schwierige Situationen oder merkwürdige Verwicklungen.

Ich nahm mir vor, ein paar geistreiche einführende Worte zu sagen. Für den Fall, dass die Änderung meines Themas das Publikum und die Organisatoren nicht überzeugte, wollte ich meinen Vortrag seriös verpacken, weil das kurioserweise immer noch erwartet wird. Meine Vorbemerkungen sollten ungemein klug und gebildet klingen; ich wollte unter anderem auf die seit jeher bestehende endogamische Beziehung zwischen Spionage und Literatur hinweisen. Das ist wirkungsvoll, dachte ich, denn eine – zumindest scheinbar – stringente Argumentation macht immer ungeheuren Eindruck. Ich beschloss, erst später auf die Calle Durban hinunterzugehen, und setzte mich wieder an den Schreibtisch, um gleich mit der Einleitung zu beginnen. Eine geraume Weile rang ich vergeblich um den passenden hochtrabenden Ton, bis ich einsehen musste, dass ich ihn niemals finden würde, weil ich nun mal kein Intellektueller bin. Immerhin hatte ich meinen Vortrag über «die mythische Struktur des Helden», den ich den Leuten seit Jahren auftischte, wenn man mich einlud, wortwörtlich aus dem Buch eines portugiesischen Gelehrten namens Manuel da Cunha abgeschrieben. Ich beschloss, mit meinen klugen Vorbemerkungen ähnlich zu verfahren, und begab mich auf die Suche nach den brillanten Erkenntnissen in einer Studie, die ein Kollege meines Jahrgangs zu diesem Thema verfasst hatte und die ich seit langem zwischen den

Seiten eines meiner erfolgreichsten Romane aufbewahrte.

In der Küche prägte ich mir bei einer Tasse Kaffee die besten Sprüche aus dem Artikel ein. Mein Kollege war ein Romancier von durchaus hohem geistigem Niveau, wenn auch von kleiner Statur, ja, er war in der Tat ein winziges Männlein, was ihn häufig zu einem pedantischen Stil und recht antiquierten Duktus verleitete, wohl im Bestreben, so rasch wie möglich in die Akademie aufzusteigen.

Als ich mir seine klügsten Sätze gut eingeprägt hatte, sagte ich mir, für einen selbstsicheren Auftritt wäre es gewiss ratsam, wenn ich mir die einleitenden Sätze meiner Rede im Saal der Calle Verdi selbst zurechtlegte und erst im passenden Moment, wenn ich es für angebracht hielt, effektvoll einige kluge Worte des anderen einstreute.

Mit diesem Vorsatz konzentrierte ich mich eine ganze Weile darauf, wahrscheinlich länger als nötig, meinen brillanten und altmodischen Kollegen von ganzem Herzen zu hassen, um so seine schmählichen, unliebsamen Spuren für immer aus meinem Gedächtnis zu tilgen und mir einzureden, die auswendig gelernten Sprüche seien ausschließlich auf meinem eigenen Mist gewachsen.

Als ich ziemlich sicher glaubte, mein Ziel erreicht zu haben, beschloss ich den Vortrag mit folgenden Worten zu eröffnen: «Meine Damen und Herren, ich stehe heute Abend vor Ihnen, hier an diesem historischen Ort des Nachbarschaftsverbandes der Calle Verdi, um Ihnen ein Geständnis zu machen: nämlich dass ich mich mein Leben lang als Spion betätigt und allem und jedem nachspioniert habe. Das sollte Sie jedoch nicht weiter verwundern, denn die Neigung zum Spionieren liegt dem Literaten im Blut. Die endogamische Beziehung zwischen Literatur und Spionage wird in meinem Vortrag indirekt immer wieder anklingen. Mit anderen Worten, ich spreche nicht über das ursprünglich angekündigte Thema und habe den klassischen Helden, kurz bevor ich diesen Saal betrat, kurzerhand, wie es bei Valle-Inclán heißt, zum Bummeln in die Katzengasse geschickt.»

Mir kam die Idee, an dieser Stelle eine kurze Pause einzulegen. Ich würde mich forsch im Publikum umschauen, die Leute ein wenig mit meinem kühnen Spionageblick einschüchtern und ihn dann auf Rosita ruhen lassen, ihr liebevoll zuzwinkern und wie folgt fortfahren: «Zunächst sollen Sie erfahren, wie ich den Künstlern nachspioniert habe. Ich weiß nicht, ob Ihnen bewusst ist, dass auch Sie häufig nichts anderes tun; gerade jetzt zum Beispiel haben Sie mich genau im Visier, und ich bin Künstler. Ein Künstler, meine Damen und Herren, der von der unbestreitbaren Tatsache überzeugt ist, dass die Literatur und die Spionage seit jeher ein unzertrennliches Paar bilden. Wir brauchen uns lediglich anzuschauen, was eigentlich in Romanen geschieht. Nicht nur der Autor betätigt sich darin als Spion, sondern auch der Leser, alle spionieren sie. Der Autor, der beim Schreiben des Romans so viel Ungeahntes an sich entdeckt, dass der Ärmste mit dem Spionieren bei sich selbst gar nicht mehr aufhören kann.»

Ich nahm mir vor, mich wieder im Publikum umzuschauen, den Blick dann auf Rosita ruhen zu lassen und wie folgt fortzufahren: «Wenn der Roman abgeschlossen ist, gibt der Autor ihn zwar als Fiktion aus, doch der Leser hat seinerseits das gute Recht, einen wahren Kern hinter dem Erzählten zu vermuten, und so bespitzelt auch er den Autor im Roman aus nächster Nähe, in der Absicht ihn zu demaskieren, belauert ihn unentwegt, um dann im geeigneten Moment wie ein Tiger über ihn herzufallen, ihm zu sagen, jetzt habe er ihn endlich ertappt und sei sicher, dass die angebliche Fiktion nichts als die reine Wahrheit sei.»

An diesem Punkt meiner Einführung wollte ich zum Beweis meiner Selbstbeherrschung in aller Seelenruhe das Glas Wasser ausleeren, das die Nachbarschaftsinitiative der Calle Verdi mir, dem wackeren Redner, sicherlich auf dem Pult bereitstellen würde. Wenn ich meinen Durst gestillt hätte – eine peinliche Situation, da einem alle, die nicht trinken, wie gebannt, mit angehaltenem Atem zusehen –, nahm ich mir vor, am besten folgendermaßen fortzufahren: «Ja, meine Damen und Herren. Das ist es, was viele Leser in den Romanen suchen, während solche Leser, die nie den Wunsch hegten, dem Autor nachzuspionieren, eher selten sind. Normalerweise sehen sich die Leser sogar verpflichtet, sich als Spione zu betätigen, und zwar in dreierlei Hinsicht: um herauszufinden, erstens was erzählt und zweitens was nicht erzählt wird, und um sich drittens selbst dabei zu beobachten, wie sie beides erkunden. Ganz zu schweigen von den Autoren, die zum Romaneschreiben auf die Straße gehen, wo sie als Spione im Leben anderer herumschnüffeln, was im Übrigen erklärt, warum die Busse und U-Bahnen der Großstädte manchmal so absonderliche Fahrgäste befördern: Schriftsteller auf Materialsuche aus erster Hand für ihre Storys, die unauffällig die Unterhaltungen der Fahrgäste belauschen.»

Ich fragte mich, ob es an dieser Stelle nicht angebracht wäre, einmal ausführlicher zu erklären, warum in großen Städten so viele Schriftsteller die Busse und U-Bahnen bevölkern. Ich malte mir aus, wie ich ihnen sagte: «Wir Geschichtenerzähler sind nun mal samt und sonders Spione und *Voyeure*. Das Leben ist einfach zu kurz, um genügend Erfahrungen zu sammeln. Also muss man sie sich zusammenstehlen.»

Nach einiger Überlegung kam ich zu dem Entschluss, letzteres lieber zu streichen, denn der Satz war für Rosita vielleicht zu anspruchsvoll. An diesem Punkt der Rede, nach anfänglichem Staunen ob meiner überraschenden Fähigkeit, laut über derart kluge Fragen nachzudenken, könnte sie womöglich anfangen sich zu langweilen, könnte sich unbehaglich fühlen, ja sogar versucht sein, den Saal vor der Zeit zu verlassen.

Ich beschloss, meine Vorbemerkungen an dieser Stelle zu beenden.

In der Kürze liegt die Würze. Im Übrigen wäre es sowieso besser, wie ich fand, wenn ich bei meinem bescheidenen, wenn auch zugegebenermaßen ziemlich arroganten Intellektuellengehabe nicht zu dick auftrug, denn ein zu langes Dozieren in solch professoralem Stil könnte Rosita misstrauisch machen, so dass sie mir irgendwann auf die Schliche kommen und erkennen würde, dass mein so hochtrabender Vortrag nur ein schamloses Plagiat war.

Ich verließ die Küche und nahm wieder am Schreibtisch Platz, um mir weiter stichwortartig zu notieren, was ich abends in der Calle Verdi vortragen wollte. Nach den Vorbemerkungen, sagte ich mir, wäre ein behutsamer Wechsel im Ton angebracht, ein kurzer Schlenker, der zu einer lustig lockeren Parenthese überleiten sollte, die Rosita sicher erheitern würde, da sie in ihrer Unbefangenheit so ungeheuer versessen auf eine realitätsnahe Sprache war, wie sie etwa die Fernsehnachrichten tagtäglich ausspucken.

Ich dachte, am besten wäre es, wenn ich ein kleines Zugeständnis machte und mich ohne Umschweife gleich zum Allerprosaischsten herabließ, etwa indem ich ein paar Bemerkungen über eine Nachricht einflocht, die ich mir am Vortag aus der Zeitung ausgeschnitten hatte. Dort hieß es, zur Zeit litten viele spanische Bürger an einer Art Spionagepsychose.

Als ich diesen Ausschnitt wieder hervorgekramt und erneut überflogen hatte, kam mir spontan die Idee, wie ich den Artikel in der gewünschten, publikumswirksamen Weise einsetzen und gleichzeitig Rosita ein zwei- oder dreimaliges sanftes Kichern entlocken könnte, das im Übrigen zu früh erfolgen würde, wie meistens, wenn ich vor Publikum etwas Witziges oder Scherzhaftes sagte. Sie würde schon kichern, bevor die anderen an der passenden Stelle loslachten, und damit unwillkürlich zu meiner engsten Komplizin werden in meinem Bestreben, den Vortrag von einem Höhepunkt zum nächsten zu lenken.

In dem Zeitungsausschnitt war die Rede von einer jüngst in Madrid und Barcelona eröffneten Ladenkette, «Haus der Spione», die unter anderem Produkte zur Spionageabwehr anbot: Mikrokameras in der Größe einer Kugelschreiberspitze, versteckt in einer Pflanze oder einer falschen Fliege, in einer Krawatte oder einem Hundehalsband; Stimmenverzerrer, speziell für allein lebende Frauen, die weibliche Stimmen wie männliche klingen ließen oder wie die eines Orang-Utans; Abhöranlagen für unliebsame Angestellte usw.

Der Gedanke an Rositas zwei-, dreimaliges Kichern beflügelte mich fortzufahren. Ausgerechnet da klingelte das Telefon im Flur, doch ich war nicht sonderlich darauf erpicht, um einen weiteren Artikel gebeten oder zu noch einem Literaturworkshop oder einem Vortrag eingeladen zu werden. Ich hatte von Tag zu Tag weniger Lust auf diese miserabel bezahlten Jobs, die ich vor blödsinniger Peinlichkeit nie auszuschlagen wagte. Ich ließ das Telefon einfach weiterklingeln; der Anrufbeantworter würde mir das lästige Anliegen des Anrufers noch früh genug eröffnen. Plötzlich verspürte ich einen Bärenhunger. Auf dem Weg in die Küche, wo ich mir Rühreier mit Toast machen wollte, hörte ich Carminas Stimme auf dem Anrufbeantworter fragen, ob ich da sei. Sie wiederholte ihre Frage dreimal.

Als ich gesättigt war, kehrte ich in mein Arbeitszimmer zurück und vergegenwärtigte mir wieder Rositas zwei-, dreimaliges sanftes Kichern. Wenn sie erst einmal lachte, sagte ich mir, wäre sie am leichtesten zu fesseln, wenn ich gleich von ihr redete und vielleicht eine Anekdote aus ihrem Leben erzählte. Daran sollten möglichst angenehme Erinnerungen geknüpft sein, wie etwa an die Zeit, als sie in Mailand lebte und arbeitete und ich in Barcelona. Trotz der Entfernung hatten wir damals das Gefühl, weiterhin ein Liebespaar zu sein. Um uns dessen zu versichern, hatten wir uns an einem siebten Februar in Antibes, genau in der Mitte zwischen beiden Wohnorten, verabredet, acht Stunden Zugfahrt für sie wie für mich.

Die Zuhörer sollten erfahren, dass wir uns verabredeten, um uns gegenseitig auszuspionieren und einander unsere Liebe zu beweisen. Ich würde schildern, wie ich an jenem siebten Februar um sieben Uhr morgens in Antibes eintraf und erfuhr, dass der Zug aus Mailand zwei Stunden Verspätung hatte, und wie ich, um nicht auf dem kalten, öden Bahnsteig warten zu müssen, beschloss, in den Ort zu gehen, um mich dort schon mal umzuschauen.

An jenem Februarmorgen lenkte ich meine Schritte zum Café de la Paix, einer Bar, die – wie ich soeben im Zug gelesen hatte – ihrem friedlichen Namen noch nie Ehre gemacht hatte. Es war ein Nachtclub, der gewöhnlich gegen Mittag schloss, ein Etablissement, das schon seit Monaten den Zorn der Anwohner aus den benachbarten Siedlungen erregte, darunter ein sehr berühmter Bürger von Antibes namens Graham Greene, der mehr als einmal völlig die Beherrschung verloren und die Barbesucher mit allen möglichen Gegenständen beworfen hatte, wobei ihm einmal sogar sein Orden von der französischen Ehrenlegion als Wurfgeschoss gedient hatte.

Nicht, dass ich mich bewusst auf die Suche nach dem Café de la Paix begeben hätte, aber ein dumpfes Lärmen, das ich schon vom Bahnhof aus in der Ferne vernahm, erregte meine Neugier und wies mir den Weg zu diesem schrillen Lokal. Je weiter ich auf den Straßen von Antibes in Richtung Hafen gelangte, desto lärmender wurde das Gejohle der Horde von Nachtschwärmern, bis es schließlich nicht mehr auszuhalten war.

Etwa hundert Meter vor der Bar verbarg ich mich hinter einem Baum, denn die Klientel – alles Besatzungen von den Yachten – schien geradezu auf mich gewartet zu haben; just, als ich auftauchte, begannen sie, ein Heidenspektakel zu veranstalten, eine Schlägerei nach allen Regeln der Kunst, mit unzähligen Fausthieben, umherfliegenden Flaschen und herzzerreißendem Geschrei der Verletzten. Lange Zeit hielt ich mich hinter dem Baum versteckt und verfolgte ängstlich die wüste Keilerei, die auch nicht endete, als die Polizei eintraf, der ein mörderischer Empfang bereitet wurde.

Erst als sich der Sturm endlich gelegt hatte, wagte ich mich aus meinem sicheren Spähposten hervor; da fiel mir plötzlich ein, dass ganz in der Nähe das Appartementhaus stehen musste, das Graham Greene bewohnte, einer meiner Lieblingsschriftsteller, der *Spionagegeschichten* geschrieben hat sowie zahlreiche Romane über Doppelagenten, die in das Netz der Geheimdienste verstrickt sind.

Während ich gerade dachte, es könnte vergnüglich sein, sich auf die Suche nach seinem Appartementhaus zu begeben, sah ich unverhofft, wie ein korpulenter Mann die Bar durch eine Seitentür verließ, was mich überraschte, denn ich war eigentlich sicher gewesen, dass sich niemand mehr darin aufhielt, seit die Polizei alles hatte räumen lassen. Der Mann trug einen leuchtend roten Mantel und blickte, während er sich feierlich eine Havanna anzündete, lächelnd dorthin, wo die Yachten im Hafen lagen.

Für einen Augenblick vermisste ich den Baum in meiner Nähe, hinter dem ich mich hätte verstecken können, aber der war schon zu weit weg. Da verdeckte ich in einer spontanen, kindlichen Gebärde einfach mit den Handschuhen mein Gesicht, zumindest zum Teil. Es war, als ahnte ich, dass etwas Furchtbares geschehen würde, das ich nicht mit ansehen wollte. Mit halb zugehaltenem Gesicht beobachtete ich, wie der korpulente Mann unbekümmert auf mich zulief, mir kurz einen erstaunten Blick zuwarf, um dann seelenruhig weiterzugehen.

Ich begann mich zu fragen, warum ich so reagiert hatte, bis ich schließlich glaubte, den Grund gefunden zu haben. Mir hatte wohl plötzlich eine Szene aus einem Roman über russische Spione und Verschwörungen vorgeschwebt, wo der Privatsekretär des Zaren ruhig eine Zigarre rauchte und im nächsten Augenblick blutüberströmt in seinem Sessel hing. Das elektrische Licht des Palastes beleuchtete das von der explodierten Zigarre zerfetzte Gesicht; ein in dem teuflischen Artefakt verstecktes Projektil hatte ihm den Gaumen durchschlagen und war dann im Gehirn steckengeblieben.

Als ich mich mühsam von dem Schreck über den korpulenten Mann mit der Havanna erholt hatte, besann ich mich auf meine Absicht, nach Graham Greenes Appartementhaus zu suchen. Er musste dort ganz in der Nähe wohnen. Das Haus und Allerheiligste des

Schriftstellers war überraschend leicht zu finden, es lag nur ein paar Schritte vom Café de la Paix entfernt. Auf dem Schild an der Sprechanlage zum ersten Penthouse stand in roten Lettern auf grünem Grund die simple Aufschrift: *Greene.*

Es juckte mich ungeheuer, auf die Klingel zu drücken und mich als Journalist auszugeben, der etwa im Auftrag von Anthony Burgess kam. Es juckte mich unheimlich, mir Zutritt zu seiner Wohnung zu verschaffen und seine Gewohnheiten zu erkunden, zu sehen, wie er lebte, wie er trank, was er sagte, worüber er lachte. Aber in letzter Sekunde siegte doch meine Verzagtheit, so dass ich mich in einem völlig infantilen und flegelhaften Impuls damit begnügte, dreimal zu klingeln und rasch das Weite zu suchen.

Es blieb mir gerade noch genug Zeit, das mächtig erboste Brummen des automatischen Türöffners zu hören. Als ich eben einen Schritt zulegen wollte, streifte mich am linken Ohr – was ich nie vergessen werde – dieser verflixte Gegenstand, der vom Dachgeschoss aus haarscharf an mir vorbeiflog: ein Tintenfass der Marke Pelikan, das auf den Pflastersteinen des Hafenwegs zerbarst und mir meine Hosen völlig ruinierte.

Wie ich schon sagte, in ernsten Situationen meines Lebens ist meine erste Reaktion total schwachsinnig und absurd. An jenem Tag war es nicht anders. Unsinnigerweise bückte ich mich, um nach der Marke des Tintenfasses zu sehen, und als ich schließlich noch ganz benommen auf dem Boden hockte, musste ich an eine Art unsichtbare Tinte denken, die in mehr als einem Spionageroman vorkommt, diese Tinte, für die man einige Tropfen Zitronensaft und eine ganz saubere Feder braucht. Die Feder taucht man in den Zitronensaft und kritzelt die Nachricht auf ein Blatt Papier, auf dem nichts mehr zu sehen ist, sobald die Tinte trocknet, außer wenn ein gewiefter Abwehragent dieses Blatt Papier mit einem glühend heißen Eisen bearbeitet und so die Schrift ganz trüb und leicht gräulich wieder hervorzaubert.

Immer noch kauerte ich halb benommen auf dem Boden und dachte an unsichtbare Tinte, hinter mir die Stelle, von wo das Wurfgeschoss angeflogen gekommen war, bis ich schließlich wagte, mich umzuschauen und vorsichtig den Blick nach oben zu richten, ganz langsam bis zum obersten Stockwerk und noch weiter hoch, bis zu Greenes Penthouse. Da entdeckte ich ihn, wie er ganz still, fast wie eine Wachsfigur, auf das blaue Geländer seiner Dachterrasse gelehnt, unglaublich still, stiller als ein hässlicher Amerikaner, ja fast versteinert, mit einer Zigarette – ich denke, es war eine Benson – zwischen den betrunkenen Lippen, mich von seinem alles überragenden Beobachtungsposten herab anstarrte, mit tiefen Zornesfalten auf der Stirn und furchterregendem Blick.

Erschrocken suchte ich das Weite, schnappte mir aber noch rasch den schwarzen Deckel vom Tintenfass des Königs der Spionageromane als Andenken und Talisman, um eben diesen Deckel dann eine Stunde später Rosita zu verehren, die mir diese Geste mit zwei- oder dreimaligem, wunderbar glucksendem Kichern dankte. Damals entzückte mich noch ihre Art zu kichern, was so weit ging, dass ich mich selbst jämmerlich belog – ich verschloss beharrlich die Augen vor der Realität, in der es von Scheidungen und verlassenen, einsam umherirrenden, selbstmordgefährdeten Männern nur so wimmelte. Ich sah Schönheit, wo es nichts gab als ein lockeres Flittchen. Aber ich bildete mir ein, mit ihrem sanften, liebreizenden Kichern, das von wenig Erfahrung im Leben zeugte – mein Irrtum konnte nicht größer sein –, strahle Rosita die Arglosigkeit einer keuschen, wohlerzogenen jungen Frau aus, einer Frau, die noch über alles staunen konnte.

Ein Flittchen, genau das war sie. Plötzlich überrieselte es mich kalt in meinem Arbeitszimmer in der Calle Durban, als mir klar wurde, wie sehr ich mich irrte, wenn ich mir einbildete, ich könnte Rosita im Laufe meines Vortrags noch einmal das sanfte Kichern von einst entlocken. Lachte sie denn überhaupt noch so wie damals? In den Tagen, als ich sie kennen lernte, hatte sie sich wenigstens noch bemüht, eine gewisse Naivität und Unschuld zu heucheln, doch die Jahre hatten sie verändert, und ihr sanftes Kichern hatte sich jetzt ihrem wahren Charakter angeglichen: herb, vulgär und unanständig.

Ich erstarrte – ein kalter Schauder mitten im Winter ist verheerend –, und glaubte schon, ich müsste jetzt ewig in diesem Zustand verharren. Und dabei erwartete mich noch ein weiterer Schock, als mir bewusst wurde, dass sie nicht nur ihre sanfte Art zu kichern verloren hatte, sondern dass es auch ein Irrtum war anzunehmen, die Episode von Antibes könnte sie irgendwie bei Laune halten.

Wie sollte die Geschichte mit dem Tintenfläschchen und dem Talisman sie denn aufmuntern, oder die ganze Story von unserem Rendezvous an der Côte Azur, die doch kein schlimmeres Ende hätte nehmen können? Die Erinnerung daran würde nur uralte, schmerzliche Wunden wieder aufreißen, denn wir beide, Rosita und ich, waren zwar in den drei Tagen, die wir in Antibes verbrachten, sehr verliebt, doch es war auch nicht zu leugnen, dass in letzter Minute alles Knall auf Fall zu Ende ging. Denn sie wollte schon den Zug zurück in den Mailänder Nebel besteigen, da weigerte ich mich immer noch unter lauter tränenreichen Abschiedsküssen hartnäckig, Carmina auf der Stelle in Barcelona zu verlassen. Aus grausamer Rache verschwand Rosita für ganze fünf Jahre vollständig aus meinem Leben. Als ich sie anschließend wiedersah, war sie – in dritter Ehe – mit einem dackeläugigen Apotheker verheiratet und soeben Mutter einer Tochter geworden, ein blasses Geschöpf, das einige Jahre später grässliche Korkenzieherlocken tragen sollte.

Welche innere Stimme hatte mir bloß voller Heimtücke eingeflüstert, ausgerechnet die Erinnerung an unser missglücktes Rendezvous in Antibes wachzurufen? Ich sah ein, dass ich diese traurige Geschichte so schnell wie möglich ad acta legen und mir eine bessere suchen musste, um Rosita auf ihrem Platz festzuhalten. Wieso hatte ich nicht gleich erkannt, wie sehr ich mit der euphorischen Preisgabe dieser Liebesgeschichte in aller Öffentlichkeit riskierte, dass Carmina noch am selben Abend alles brühwarm weitertragen würde?

Ich erhob mich vom Schreibtisch und lief grübelnd im Wohnzimmer auf und ab. Ich suchte verzweifelt nach einer neuen Geschichte von einem Künstler, den ich ausspioniert hatte, einer Geschichte, die, anders als die Episode mit Greene, meine sexuelle Obsession, also Rosita, nicht in üble Laune versetzte. Ein anderes Bild schob sich plötzlich dazwischen. Eine gänzlich unpassende Erinnerung und dennoch ein kaum verwunderlicher Vorgang. Nicht selten taucht in unserem Gedächtnis, diesem mysteriösen Ort in unserem Hirn, aus heiterem Himmel und oft ohne ersichtlichen Grund aus den Tiefen lange verschütteter Erinnerungen eine mitunter völlig banale Begebenheit blitzartig wieder auf. Sekundenlang schoss mir die Erinnerung an einen Tag durch den Kopf, als ich einen Hemdenladen betreten hatte, um mir eine Krawatte zu kaufen, und der Verkäufer, ein alter Bekannter, mich freundlich mit «Guten Tag, Herr Doktor» begrüßt hatte. Ich klärte ihn sofort über seinen Irrtum auf, mit dem einzigen Erfolg, dass er mich, als ich sein Geschäft verließ, erneut «Herr Doktor» nannte.

Rasch wischte ich diese Erinnerung fort und schaute aus dem Fenster, das zur Calle Durban ging. Ich spionierte gern mit dem Fernglas meinen Nachbarn nach, um zu sehen, was sie so trieben, denn viele von ihnen hatte ich in meine Trilogie aufgenommen. An dem Tag beschränkte ich mich allerdings auf mein unmittelbares Blickfeld, womit ich dem Erzähler von *Goodbye to Berlin* nacheiferte, der als Beobachter wie eine Art Kamera mit offener Blende funktionierte und mich in meinen Jugendjahren ungeheuer beeindruckt hatte; genau wie er verwandelte ich mich unwillkürlich in eine Art hochexakte, passive Fotokamera.

Ich nahm das Bild des Mannes auf, der sich am gegenüberliegenden Fenster rasierte, und von der Frau im Kimono, die sich hinter dem Nachbarfenster die Haare wusch. Ich weiß nicht, wie lange ich so dastand. Als ich wieder zu mir kam und klar denken konnte, fasste ich den festen Vorsatz, diese Bilder eines Tages zu entwickeln und sorgsam auf Papier zu bannen; ich würde sie allesamt in meine Trilogie über das glücklose Leben der Menschen in meiner Straße integrieren. Noch während ich dieses plante, fotografierte ich sozusagen das traurige Bild von Señora Julia, der Besitzerin der alten Bodega in der Calle Durban, die, geistesverwirrter denn je, mitten im Winter vor der Tür ihres Ladens saß, sicherlich in Gedanken bei ihrem Mann, von dem ich annahm, obwohl es mir niemand gesagt hatte, er sei vor wenigen Tagen gestorben. Wenn das zutraf, hatte ich Pech gehabt, denn eigentlich wollte ich mich irgendwann ausgiebig mit ihm unterhalten und ihm dabei – eine meiner üblichen Taktiken – insgeheim etwas aus seinem traurigen Leben entlocken, um es für meine Trilogie auszuschlachten.

Als ich mir eine Zigarette anzündete, vernebelte der aufsteigende Tabakqualm mir auf einmal die Sicht. Das half meinen Gedanken auf die Sprünge, und so kam mir spontan der Tag in den Sinn, an dem ich Salvador Dalí ausspioniert hatte. Ich schloss das Fenster, durch das die Kälte des Wintermorgens hereinzog, und schob das Bild von der Irren vor der Bodegatür beiseite. Die Erinnerung an den Tag, als ich Dalí nachspioniert hatte, tauchte so deutlich wieder vor mir auf, fast wie ein Gottesgeschenk, dass ich zufrieden zu grinsen begann. Wie Graham Greene Jahre später, hatte Dalí damals von oben mit einem Gegenstand nach mir geworfen; doch ansonsten, so fand ich, waren beide Szenen kaum vergleichbar.

Als ich Dalí seinerzeit ausspionierte, war ich erstens noch ein Kind und handelte zweitens, anders als bei Greene, nicht aus eigenem Antrieb. Ich fand, ich sollte im Vortrag erwähnen, dass ich von meiner Mutter zum Spionieren angehalten wurde – zum bewussten Spionieren, denn vorher hatte ich schon unbewusst spioniert –, und dann erzählen, wie ich dabei herausfand, dass es ungeheuer amüsant war. Ich wollte auch nicht verschweigen, was für ein Vergnügen das Spionieren bereiten kann, höchstens noch der Leidenschaft für das Glücksspiel vergleichbar; und ich würde erklären, dass Spionieren einfach herrlich ist und dass es meines Erachtens überhaupt nichts Tolleres im Leben gibt.

Meine Mutter erschloss mir die unendlichen Wonnen des Spionierens. Obwohl sie es nie zugeben wollte, besaß sie schon immer eine tiefe Neigung zum Spionieren. Die hatte sie von ihrem Vater geerbt, der in seinen letzten Lebensjahren mit unverdrossener Hingabe alles erkundete, von dem er dachte, es könne überirdisch sein. Von ihm hatte meine Mutter wohl diesen Hang, allen Menschen nachzuspionieren, von denen sie glaubte, sie verkörperten etwas Göttliches, was erklären mag, warum sich ausgerechnet an dem Tag, als wir, meine Mutter, mein Vater, mein Bruder Máximo und ich, uns in unserem nagelneuen Sechshunderter auf dem Weg nach Cadaqués befanden, alle geheimen Mächte des Universums verschworen, um uns nach Port Lligat in der Nähe von Cadaqués zu locken, denn wir wollten unbedingt den Ort kennen lernen, wo Salvador Dalí lebte.

Gegen Mittag, kurz vor Port Lligat, fiel mir auf, dass meine Mutter unruhig wurde. Ihre Aufregung steckte uns schließlich an, als wir plötzlich Dalí entdeckten, der in Gesellschaft einiger Gäste auf der Terrasse seines Hauses zu Mittag speiste. Nie hätte meine Mutter zu hoffen gewagt – und wir schon gar nicht –, dass wir das Genie des Ampudán so problemlos zu Gesicht bekommen und beobachten könnten, wie er sich auf dieser aufsehenerregenden, von zwei Rieseneiern gekrönten Terrasse bewegte.

Auf Anweisung meiner Mutter hielt mein Vater sofort und zog in der letzten Kurve auf der Straße, die nach Port Lligat hinabführte, die Handbremse an. Es war ein einmaliger, unvergesslicher Augenblick. In unseren Sechshunderter eingepfercht, begannen wir, meine Mutter, mein Bruder, mein Vater und ich, in ehrfurchtsvollem Schweigen jedes noch so winzige Detail dieses Mittagessens unter den Rieseneiern – quasi eine Sondervorführung für uns – zu beobachten.

Eine ganze Weile verfolgten wir alles, bis meine Mutter plötzlich auf ihre typisch heisere Art sagte, sie würde sich nicht von der Stelle rühren, bis sie wüsste, ob der Tagesablauf eines Genies, sein Schlaf, seine Verdauung, seine Fingernägel, seine Erkältungen, sein Blut, sein Leben und sein Tod sich wirklich wesentlich von den Gewohnheiten der restlichen Menschheit unterschieden.

«Verrat mir mal, wie du das herausfinden willst», sagte mein Vater.

Statt zu antworten, begann meine Mutter wie wild zu hupen und sagte zu mir:

«Du erzählst ihm, dass du Marcelino heißt. Das wird ihn ganz sicher erfreuen.»

Ich war entsetzt und fragte mich, was wohl in meine Mutter gefahren war. Aber schon sahen wir, dass Salvador Dalí, der vielleicht bemerkt hatte, dass man ihm, dem Universalgenie, in einem winzigen spanischen Gefährt Beifall klatschte, uns mit seinem zum Himmel erhobenen Stock energisch fuchtelnd zuwinkte.

Doch meine Mutter sagte, das sei nicht genug und lasse ja nicht einmal erkennen, ob Dalí tatsächlich ein Genie sei oder nur ein ganz gewöhnlicher Mensch wie fast alle Sterblichen. Und dann sagte sie mit sanftem Lächeln zu uns allen, ich sei derjenige, der herausfinden würde, ob sich das Leben des vermeintlichen Genies dort auf der von zwei Eiern gekrönten Terrasse tatsächlich von dem der übrigen Menschheit unterschied.

«Es genügt, ihm einen einzigen Satz zu entlocken», sagte meine Mutter. Sie verlangte, dass ich mich unterhalb der Terrasse postierte, als wollte ich ihm ein Ständchen bringen, und ihm eine Frage zurief, nur eine einzige Frage, die erstbeste, die mir in den Sinn käme, jede Frage sei brauchbar und würde Dalí zu einer Antwort verpflichten und somit enthüllen, ob er tatsächlich pausenlos genial sei oder auch Momente habe, wo er nachlasse und zum Beispiel kleine Jungs, die versicherten, Marcelino zu heißen, beschimpfte.

Beim bloßen Gedanken, eine so ungewöhnliche und außerordentlich komplizierte Mission zu erfüllen, fingen meine Beine an zu zittern, doch gleichzeitig ergriff mich wohl die typische Euphorie passionierter Spione.

Auf einmal sah ich die Person des Künstlers Dalí wie ein spannendes Rätsel. Ich glaube, das gab mir den Mut, den Wagen zu verlassen und mich als Spion zu beweisen.

Langsam schlich ich mich zum Haus und hielt vor dem Sockel der Terrasse an, wo ich eine ganze Weile die Unterhaltung belauschen konnte, ohne jedoch ein Wort zu verstehen. Nicht einen einzigen Ausspruch von Dalí oder seinen Gästen konnte ich mir merken außer vielleicht einen, der mir damals freilich nichts sagte, einen Satz von Dalí, den ich spontan in mein Notizbuch schrieb, wo ich vieles notierte, was mir unverständlich war, um später meine Eltern danach zu fragen.

Der rätselhafte Ausspruch, den ich notierte, lautete: «Morgen werde ich mich den Eiern der Phidiasbüste widmen.»

Ich schrieb den Satz auf und spionierte unentdeckt weiter, bis ich auf einmal merkte, dass es wohl an der Zeit war, die Mission, mit der man mich betraut hatte, zu Ende zu führen. Ich nahm also meinen ganzen Mut zusammen und rief gleich dreimal hintereinander:

«Señor Dalí, Señor Dalí, bitte schauen Sie mal her!»

Dalí selbst beugte sich als Erster herab, um zu sehen, was dort unten los war.

«Ich heiße Marcelino», sagte ich. «Ich bin gekommen, um Sie etwas zu fragen, nur eine Frage, Señor Dalí.»

Dalí, der einen aus Lorbeer-, Oliven- und Rosenzweigen gewundenen Kranz auf dem Haupt trug, guckte mich erst einigermaßen verblüfft und dann ungeheuer bohrend an.

Da sagte ich das, was mir gerade in den Sinn kam:

«Ich wüsste gerne, Señor, wären Sie wohl so freundlich, mir ein *Souvenir* für meine Familie zu verehren.»

«Unmöglich», sagte jemand. Nach einem kurzen Blinzeln blickte Dalí mich ganz seltsam an, wobei ich eine wesentliche Veränderung in seinem Gesicht bemerkte, einen äußerst merkwürdigen Wandel, als sei er plötzlich nicht mehr dieselbe Person wie noch kurz zuvor. Auf einmal verschwand er und tauchte wenige Sekunden später wieder vor mir auf, diesmal nicht mit seinem anderen Gesicht, sondern mit dem alten, das er hatte, als ich ihn um ein *Souvenir* bat.

Ohne ein Wort warf er mir mit theatralischer Geste einen Briefbeschwerer in Form eines Nashorns vor die Füße.

Meine Rückkehr zum Sechshunderter war spektakulär, ja geradezu triumphal. Mein armer Bruder weinte vor Rührung, als er sah, was ich in wenigen Minuten erreicht hatte. Mein Vater sagte, an diesem Tag sei ich erwachsen geworden und er sei sehr stolz auf mich. Meine Mutter hingegen schien kein bisschen beeindruckt oder zumindest erstaunt über das Nashorn, das in den Besitz unserer Familie übergegangen war. Das Einzige, was sie wissen wollte, war, was Dalí mir auf meine Frage hin geantwortet hatte.

Da er nichts gesagt hatte und ich nicht einzugestehen wagte, dass ich in diesem Punkt kläglich versagt hatte, griff ich auf mein amerikanisches Notizbuch zurück und sagte meiner Mutter, Dalí habe lediglich folgende Antwort gegeben: «Morgen werde ich mich den Eiern der Phidiasbüste widmen.»

«Was für eine abscheuliche Ungehörigkeit!», sagte meine Mutter und bekreuzigte sich.

Seither wollte sie nie mehr von dieser Sache hören. Es war fast so, als hätte sie in dem Moment, als ich ihr den Satz des Genies sagte, eine so tiefe Enttäuschung erlitten, dass sie ihre Spionagetätigkeit endgültig an den Nagel hängte.

Meine Mutter kam nie mehr auf die Angelegenheit zu sprechen, sie lachte höchstens leise und verächtlich, wenn sie in den Zeitungen ein Bild von Dalí sah. Doch ich werde den Vorfall in meiner Rede erwähnen. Diese Geschichte veranschaulicht nämlich bestens, wie ich mich mit der Kunst der Spionage vertraut machte. Die Dalí-Erinnerung hatte nur einen Haken, denn meines Wissens hatte Rosita sie schon mehr als einmal von mir zu hören bekommen; doch das war vielleicht weniger problematisch, wenn ich die Anekdote mit einem gewissen Charme vortrug und dann sofort mit einer Überraschung aufwartete, etwa mit einem Geständnis.

Ich kam auf die Idee, den Zuhörern unverhofft zu gestehen, ich sei in jungen Jahren ein Geheimagent des englischen Secret Service gewesen. Eine spannende, ziemlich abwegige Behauptung. Würden sie mir glauben oder merken, dass es reine Erfindung war? Ich beschloss, eine kleine Notiz, scheinbar aus den siebziger Jahren, auf meinem Schreibblock zu entwerfen, die von einem Kellner des Ritz stammen sollte, der mich angeblich aus den Fängen einiger Moskauer Agenten gerettet hatte: «Nehmen Sie sich in Acht vor Dziga Levinski und Marina Ugrumov, die Ihnen gegenübersitzen. Sie sind zwar tatsächlich Musikliebhaber, vergaßen aber, Ihnen zu sagen, dass sie auch feindliche Agenten sind.»

Diesen Zettel würde ich dem Publikum zeigen und ihn herumreichen lassen, damit sie sahen, dass ich nicht log.

«Ein Dokument, das mir viel bedeutet», würde ich behaupten. «Es hat mir nämlich das Leben gerettet. Ein Kellner hat mir die Warnung zum Glück unter meinen *Dry Martini* geschoben.»

Würden sie mir glauben? Sah ich so aus wie ein ehemaliger Geheimagent? Nein, gewiss nicht. Die Leute sind nicht blöde. Diese Geschichte war höchst unwahrscheinlich. Ich würde jede Glaubwürdigkeit verlieren, wenn ich wagte, mir all das aus den Fingern zu saugen. Im Übrigen kannte Rosita mich nur zu gut und würde mich für einen jämmerlichen Lügner halten. Ich sah ein, dass mein Vortrag von vornherein zum Scheitern verurteilt war, wenn ich mich zu einem solch geradezu lächerlich falschen Bekenntnis hinreißen ließ.

Allerdings könnte ich ihnen durchaus von meinem Erlebnis während einer Zugreise von Madrid nach Lissabon erzählen, wo ich diesen geheimnisvollen Fahrgast kennen gelernt hatte, der mir gestand, er sei als Geheimagent tätig gewesen. Ich habe immer viel von Spionage verstanden, aber einen echten Spion habe ich – vorausgesetzt, dieser Mann hat mich nicht belogen – in Wahrheit nur einmal im Leben kennen lernen dürfen.

Ich beschloss, ihnen von dem Spion zu erzählen, der mir begegnet war, ich würde schildern, wie alles damit begann, dass dieser Mann mein Abteil betrat, als der Nachtzug eben anfuhr und ich mich schon beglückwünschte, dass im anderen Bett niemand schlief. Er grüßte mich flüchtig und hatte nur eine kleine Reisetasche dabei. Er überprüfte, ob die Nummer der freien Liege die richtige war, und fragte mich, nachdem er ein weißes Taschentuch aus der Tasche gezogen und sich die Brille geputzt hatte, ob es einen Speisewagen im Zug gebe. Ich bejahte, doch es sei nicht ratsam dort zu essen, denn die Gerichte seien sehr teuer und schlecht. Er fragte, ob ich mir da ganz sicher sei, und jetzt kamen mir selbst Zweifel. Der Mann war etwa mein Jahrgang, recht einsilbig und übertrieben höflich. Nach fünf Minuten hatte er mich doch überredet, ihn zum Abendessen zu begleiten. Er sagte mir, zum Wein werde er mich einladen. Ich erklärte ihm, ich tränke nicht. Er lächelte und sah mich an, als zöge er meine Worte in Zweifel.

«Dann lade ich Sie eben zum Essen ein, mein Herr, ich liebe es nicht, allein zu speisen.»

«Na gut», sagte ich, «ich begleite Sie. Aber mein Essen bezahle ich selbst.»

Im Zug hat man manchmal die unwahrscheinlichsten Begegnungen. Ich war Schriftsteller und konnte mir nicht den Luxus erlauben, mir diese Chance durch die Lappen gehen zu lassen. In jenen Tagen schrieb ich noch nicht an meiner realistischen Trilogie. Aber ich lebte von der Realität in all den Erzählungen, die ich ziemlich zahlreich produzierte mit dem Ziel, sie irgendwann in einem Band zusammenzufassen, der, wie ich felsenfest glaubte, einigermaßen erfolgreich die Verlagswelt erobern würde, was dann tatsächlich auch geschah. Ich dachte, dieser Mann hätte vielleicht eine interessante Geschichte zu bieten. Ich war – und bin es, wenn vielleicht auch etwas weniger, bis heute – ein Mensch, der gerne zuhört, wahrscheinlich weil ich glaubte, das wäre eine Grundvoraussetzung für die Tätigkeit, die ich erwählt hatte. Ich war auch – und bin es noch, wenn auch weniger als damals – sehr indiskret und liebte es, die Ohren zu spitzen, wenn ich im Zug fuhr oder im Café saß oder durch die Straßen lief. Bei unzähligen Gelegenheiten haben mir zufällig aufgeschnappte Sätze oder manche Geschichten, die ich hörte, bei meinen eigenen Erzählungen geholfen. Ich war also auch ein seltsamer Reisender, einer der zuvor erwähnten Schriftsteller, einer derer, die auf die Straße gehen oder Züge besteigen, um überall herumzuspionieren und so ihre Geschichten zu schreiben.

«Einverstanden», wiederholte ich, «ich werde Sie begleiten.»

Da war etwas an ihm, das mich seltsam beunruhigte. Nicht nur, dass er mein Alter hatte, sondern auch äußerlich sah er mir auffällig ähnlich. Nur in seiner Art, sich zu kleiden, und in seinen Manieren – seine waren feiner, denn von Anfang an hatte er mich mit «mein Herr» angeredet – unterschied er sich ein wenig von mir. Doch ansonsten wirkte er, mit etwas Phantasie betrachtet, wie mein Doppelgänger. Obwohl ihm das wahrscheinlich nicht entgangen war, schien er so wenig wie ich geneigt zu sein, darüber zu reden.

Freilich konnte ich nicht ahnen, dass es in der Geschichte, die er mir auftischen würde, ausgerechnet darum ging, wie er einmal in Paris einem Doppelgänger über den Weg gelaufen war. Manchmal geschehen seltsame Dinge im Zug. Ich werde nie vergessen, wie ich dachte, jener Mann könnte mein Doppelgänger sein, ohne zu wissen, dass er mir schließlich nach dem Abendessen von seinem Doppelgänger erzählen würde, der jedenfalls nicht ich war, sondern ein Portugiese, der in Paris lebte.

Das Abendessen verlief nicht gerade ungestört. Nach den ersten Minuten, in denen wir uns gegenseitig vorstellten – «ich heiße Juan Riverola und bin Häusermakler», sagte er mir –, ruhige, angenehme Augenblicke, begann der seltsame Reisende, eine geradezu erschreckende Menge Wein in sich hineinzuschütten. Ich weiß nicht genau, wieso er darauf bestand, mir von den Büchern zu erzählen, die er las – vielleicht weil ich ihm gesagt hatte, ich sei Schriftsteller –, und das immer mit vielen Abschweifungen und ohne mir zu verraten, von welchen Büchern er überhaupt sprach. Bis er schließlich, nachdem ich beharrlich nachgefragt hatte, das Geheimnis lüftete:

«Ich lese nur James-Bond-Romane. Selbstverständlich auf Englisch», sagte er mir. «Ich mag das Raffinement, wohl als Ausgleich für die triviale Tätigkeit als Häusermakler, ein jämmerlicher Job. Aber ich komme aus einer ehemals wohlhabenden, später verarmten Familie», stammelte er infolge des Alkohols, «und von einem bestimmten Zeitpunkt an sah ich mich, der ich an Arbeit nicht gewöhnt war, gezwungen, diesen lausigen Job anzunehmen, ich hatte keine andere Wahl.»

«Aber warum nur James Bond?», wollte ich wissen.

Schon ziemlich angetrunken, stierte er mich an. Nachdem er noch eine Flasche Wein beim Kellner bestellt hatte, sagte er mir leise und vertraulich:

«Weil ich einmal selbst ein Spion war, allerdings nur für kurze Zeit, denn sie haben mich bald wieder rausgeworfen. Aber ich habe noch Oberst Jouvet kennen gelernt. Wie Sie wohl schon erraten haben, gehörte ich zum französischen Geheimdienst. Leider haben sie mich umgehend wieder rausgeworfen, es war schrecklich.»

Als der Kellner den Wein brachte, drängte mich der Mann, ein Glas zu trinken. Da er immer heftiger, ja fast zornig wurde, wollte ich es ihm lieber nicht abschlagen, denn ich durfte nicht vergessen, dass ich noch neben ihm schlafen musste und wir uns daher vertragen sollten.

«Sie haben mich rausgeworfen», fuhr Riverola fort, «sie haben mich sehr bald rausgeworfen. Seltsam ist nur, dass ich nie erfahren habe, warum. Ich wollte nicht mehr länger als Häusermakler arbeiten. Als ich während einer Dienstreise in Paris, am Montparnasse, als Spion anheuerte, machte ich mir große Hoffnungen, doch dann ging alles schief. Sie haben mich gedungen und mir anschließend, ehe ich mich versah, einen gehörigen Fußtritt verpasst. Und das, obwohl sich alles so gut anließ. Ein winziger Vietnamese, ein Geheimagent, brachte mich direkt in das Büro des mysteriösen Oberst Jouvet. Ja, alles ließ sich perfekt an.»

Er erzählte mir, die Schlupfwinkel dieser geheimen Köpfe der Spionage habe er immer mit Räumen im

Souterrain assoziiert, bis er in einem Gebäude, in einem Vorort von Drancy, wo Oberst Jouvet sich versteckte, feststellen musste, dass genau das Gegenteil zutraf und diese Häupter der Spionage sich an Orten in luftiger Höhe versteckten. Der Vietnamese brachte ihn mit dem Fahrstuhl bis ins Dachgeschoss dieses Gebäudes in einem Vorort von Drancy, wo sie ausstiegen und über ein Treppchen weiter hochkletterten, das so schmal war, dass ein korpulenter Mann dort steckengeblieben wäre. Eine richtig enge Treppe, die zu einer noch engeren führte, mit der sie aufs Dach gelangten, wo sie über einen Eisensteg erneut ein Labyrinth betraten, bis es ihn allmählich schwindelte und er den vietnamesischen Führer irgendwann fragte, ob sie überhaupt ein Ziel hätten, oder das Ganze nur ein übler Scherz sei. Er erhielt keine Antwort, doch kurz darauf gelangten sie an eine rotschwarze Tür am Ende eines dunklen Hausflurs, den sie mit eingezogenem Kopf entlanggegangen waren. Als der Vietnamese zaghaft anklopfte, schwang die Tür langsam auf, wie von einem unsichtbaren Hebel in Bewegung gesetzt. Sie betraten ein winziges Kämmerchen von knapp fünf Quadratmetern, in dem unter einer Landkarte vom Golf von Tongking ein weißhaariger Mann in der Uniform eines Obersten der französischen Armee saß und seelenruhig Pfeife rauchte.

Als Riverola seine Beschreibung von Oberst Jouvet beendet hatte, waren wir auch mit dem Abendessen fertig. Ich fühlte mich müde und auch ein wenig unwohl, weil er so betrunken war. Ich sagte ihm, da es schon spät sei, wolle ich endlich schlafen gehen.

«Warten Sie, das Interessante kommt doch erst noch», sagte er.

Seine Augen glänzten, aber sein Gesicht wirkte blass im Licht des Speisewagens. Obwohl mir seine Erzählung bis dahin recht interessant schien, hatte sie mir keine Idee für eine Geschichte gebracht. Für den Fall, dass vielleicht doch, wie er sagte, das Interessante erst noch kam, willigte ich ein, noch ein paar Minuten zu bleiben.

«Na schön, ich höre.»

Wie ich so vor meinem Schreibtisch zu Hause in der Calle Durban stand, kamen mir plötzlich Zweifel, ob ich in meinem Vortrag in der Calle Verdi überhaupt so detailliert auf die Geschichte des Oberst Jouvet eingehen oder mich lieber auf das konzentrieren sollte, was Riverola erzählte, nachdem ich gesagt hatte, ich würde noch einige Minuten zuhören. Mitten in meinen Überlegungen schaltete die Nachbarin, die Frau im Kimono, wie jeden Morgen das Radio ein. Nach zwei Schnulzen erklang wie eine vergessene Träne ein Lied, das mich schier überwältigte und unzählige Erinnerungen wachrief, *Extraña forma de vida*, merkwürdige Zufälle des Lebens.

Die Stimme von Amalia Rodrigues versetzte mir einen schmerzhaften Stich; tiefe Wehmut beschlich mich an jenem Wintermorgen, denn dieses Lied erinnerte mich an die Abende, an denen Rosita und ich tanzten und sie mir sagte, wenn ich ihre Schwester Carmina verließe – ich vergaß ja vorher zu erwähnen, dass Carmina und Rosita Schwestern sind, ich habe etwas gezögert, darüber zu schreiben, aber sie sind nun mal wie Tag und Nacht, wie die Mutter und die Hure, sie sind so unterschiedlich, dass man kaum glauben mag und leicht vergisst, dass sie Schwestern sind –, würden wir ein Haus beziehen wie das aus einem anderen Lied von Amalia Rodrigues, *Una casa portuguesa*, ein portugiesisches Landhaus, fernab von der hektischen Welt, ein Ort nur für sie und für mich; ein einfaches portugiesisches Landhaus, wo, so heißt es in dem Lied, immer Brot und Wein auf dem Tisch stehen; vier ruhige Wände, goldene Weinranken, ein portugiesisches Haus «con certeza», mit Gewissheit.

Wie gesagt, in wichtigen Momenten meines Lebens reagiere ich erst einmal völlig kopflos. So auch an jenem Wintermorgen. Plötzlich wünschte ich nichts sehnlicher, als mich begeistert in der Betrachtung eines Wassertropfens, eines feinen Haars, eines Staubkorns zu verlieren. Ich wünschte mir, von den winzigen Dingen der Natur aufgesogen zu werden und die Wehmut zu vergessen, die das Lied aus dem Radio der Nachbarin im Kimono in meine Wohnung in der Calle Durban getragen hatte.

Glücklicherweise nahm ich rechtzeitig wieder Vernunft an. Ich fragte mich, ob ich ernsthaft in einem einfachen portugiesischen Landhaus leben und den lieben langen Tag niemanden außer Rosita sehen wollte. Ich besann mich darauf, dass mich bei Rosita in erster Linie der Sex interessierte und ich nicht die geringste Lust verspürte, den Alltag mit ihr zu teilen, egal ob in einem portugiesischen Haus oder in einem Bungalow in der Südsee. Für das alltägliche Leben gab es Carmina, die im Unterschied zu ihrer Schwester intelligent und warmherzig war und mir obendrein ewige Liebe geschworen hatte. Doch nach wenigen Minuten wurde ich schon wieder schwach und erlag beinahe der Versuchung, meiner – wohl als verzögerter Reaktion auf das Lied *Extraña forma de vida* ungewöhnlich heftigen – Sehnsucht zu gehorchen und noch am selben Abend, gleich nach dem Vortrag, mit Rosita zu flüchten. Ich musste nach neuen Argumenten suchen, um diese unbändige Sehnsucht zu zügeln.

Ich redete mir ein, ich müsste die Dinge gelassener betrachten. Ich sagte mir immer wieder, es wäre vernünftiger, diesen Schritt nicht zu tun, da der Alltag in einem portugiesischen Landhaus jegliche Leidenschaft und Liebeslust – und davon zehrte immerhin meine Affäre mit Rosita – in null Komma nichts erkalten lassen würde. Ich sagte mir, nichts wäre trauriger als mit anzusehen, wie meine Leidenschaft sich über Nacht in Luft auflöste; eine Leidenschaft, die, so paradox es klingen mochte, in Wahrheit von der Abwesenheit des Objekts meiner Begierde lebte. Sie Tage und Wochen ständig an meiner Seite zu haben, konnte alles verderben und mir den einzigen Reiz nehmen, der mir im Leben blieb.

Ich dachte, im Moment wäre es wohl am besten, den Vortrag für die Calle Verdi erst einmal minutiös auszuarbeiten. Also konzentrierte ich mich wieder auf meine kleine abendliche Ansprache und sah rasch ein, dass die Rede vor allem mir selbst gefallen musste. Das war meine einzige Chance, ein Fiasko zu verhindern, kein Risiko einzugehen und eine vorhersehbare, schwere Enttäuschung am Ende meiner Rede zu vermeiden. Rositas Verhalten erinnerte mich an das einer

Studentin aus einer Erzählung, die ich vor Monaten gelesen hatte. Es war die Geschichte von einem emeritierten Professor, der alle seine Vorlesungen mit dem einzigen Ziel hielt, eine seiner Hörerinnen zu verführen: eine junge Frau, die im Gegensatz zum enthusiastischen Publikum nicht die leiseste Begeisterung für das erkennen ließ, was sie zu hören bekam, im Gegenteil; sie schien ostentativ demonstrieren zu wollen, dass sie ihre Anwesenheit während der Vorlesungen für eine sinnlose und lästige Pflicht hielt und dass sie nicht etwa freiwillig, sondern gezwungenermaßen eine geschlagene Stunde lang ein derartiges Geschwafel über sich ergehen ließ, das ihr rein gar nichts sagte, ihr weder verlockend noch geistreich, gelehrt oder bahnbrechend erschien und bestenfalls geeignet, die kleine Fangemeinde in den vorderen Reihen zu beeindrucken.

Das Wichtigste war, die Katastrophe abzuwenden, zu vermeiden, dass es mir so erging wie dem Professor aus der Geschichte: Am Ende der Erzählung verließ die Studentin wie gehabt mit verächtlicher Miene den Hörsaal während der letzten Vorlesung des Professors, die er in schrecklicher Verzweiflung – nur mit dem Ziel, die widerspenstige Studentin zu erobern – verfasst hatte. Kurzum, es ging darum zu verhindern, dass Rosita es – wie vorhersehbar – am Ende meiner Rede dieser Studentin gleichtun würde; es ging darum zu verhindern, dass ich in einem hilflosen Versuch, sie in letzter Minute zurückzuhalten, aufsprang und mich zum traurigen Clown machte, wenn ich anschließend halb tot vor Liebeskummer jämmerlich über meinem Tisch zusammensank.

Es ging darum, ein solches Ende abzuwenden und zu erreichen, dass unsere Trennungszeit, wie geplant, von den Worten meines Vortrags oder zumindest von ihrem verzweifelten Echo erfüllt war, und natürlich darum, dass ich nicht grotesk über dem Tisch zusammenbrach oder völlig zugrunde ging, sondern den Verlust des Objekts meiner sexuellen Obsession nur vorübergehend verschmerzen musste und dass ich nach meinem Vortrag wenigstens mit einem gewissen Stolz behaupten konnte, meine Argumente mit einigem Geschick vorgebracht zu haben.

Während mir noch all das durch den Kopf ging, klingelte erneut das Telefon im Flur. Vielleicht war es wieder Carmina. Ich blieb an meinem Schreibtisch sitzen und wiederholte in Gedanken wer weiß wie oft die Parole, die ich mir an diesem Tag um jeden Preis hinter die Ohren schreiben musste: Hatte man sich zwischen ewiger Liebe oder Sex zu entscheiden, blieb man besser bei Ersterem, weil es so bequemer und dauerhafter war.

Als das Telefon endlich verstummte und ich zum x-ten Mal, leicht gequält, das einfache portugiesische Landhaus als lächerlich verworfen hatte, konzentrierte ich mich wieder auf meinen Vortrag, um zu sehen, wie ich mit dem fortfahren konnte, was Riverola mir erzählt hatte, nachdem ich schlafen gehen wollte, und er mich mit dem Versprechen, das Interessante würde erst noch kommen, zurückgehalten hatte.

Riverola sprach davon, wie ruhig die Tage nach seinem Besuch bei Oberst Jouvet und nach mehreren aufregenden Treffen mit Geheimagenten verlaufen seien, bis ihm ein Nachbar aus seinem Viertel über den Weg lief: der Portugiese Negreiros, den alle Welt Negrete nannte, weil er lange Zeit in Mexiko gelebt hatte.

Riverola hatte diesen Mann einige Male zu Hause besucht und sich mit ihm über Kunst unterhalten – Negrete malte grässliche Bilder – und hatte die Teleskope besichtigt, die Negrete auf der Terrasse seines Hauses in der Rue Jacob aufgebaut hatte, um dort nahezu besessen die Sterne im grenzenlosen Weltall zu beobachten.

Alles begann an dem Tag, als sie sich im Café Metz begegneten, wo Negrete ihn zu einem Pernot einlud und sich ungewöhnlich redselig zeigte. Er war, wie er verriet, ganz euphorisch, denn er habe eine Erleuchtung gehabt. Die Wissenschaft werde in Kürze, so sagte er, ein neues Auge erfinden. Es werde ein völlig anderes Auge sein als alle bisher bekannten, ein Auge, das in der Lage sei, das Universum zu erkunden und Dinge zu sehen, die dem menschlichen Auge verborgen blieben. Es sei nicht nur ein Auge, sondern auch ein Satellit mit einem Teleskop, das Infrarot erkennen und ins Innere von implodierenden Galaxien blicken könne. Dieses Auge werde Poliphem heißen, dafür könne er die Hand ins Feuer legen, denn er besitze, wie er beteuerte, so was wie prophetische Gaben.

Ein Erleuchteter, dachte Riverola. Er wusste, dass der Mann etwas absonderlich war, aber er hätte nie gedacht, dass es so schlimm sei. Daher gab er nicht viel auf seine Worte. Immerhin wimmelte es in diesem Viertel von Verrückten. Irritiert von so viel Hellseherei, verabschiedete sich Riverola hastig im Glauben, Negrete so bald nicht wieder zu begegnen; doch da irrte er gewaltig. Von nun an traf er Negrete, den

Spion der Unendlichkeit, den Propheten eines neuen Auges, allmorgendlich um elf Uhr im Café Bonaparte beim Tee, und nachmittags saß er immer noch am selben Marmortisch und kritzelte wie besessen Zeichnungen in ein grün eingebundenes Heft. Riverola beschränkte sich darauf, ihn von weitem zu grüßen, und ging ihm ansonsten aus dem Weg. In den ersten vier Tagen versuchte Riverola sich trotz seines Verfolgungswahns einzureden, es sei reiner Zufall, dass sie so oft im Bonaparte zusammentrafen, doch am fünften Tag begann er sich ernsthaft Sorgen zu machen. Jeder normale Mensch hätte ebenso gedacht. Negrete hatte die Zeiten seiner Besuche im Bonaparte übernommen.

Riverola beschloss, nicht eine Sekunde länger in dem Café zu bleiben, beglich seine Rechnung und nahm sich vor, so bald nicht mehr dorthin zurückzukehren. Die rätselhafte Anwesenheit des Negrete mit seinem grün eingebundenen Heft kam ihm höchst verdächtig vor. Als Riverola seinen Tee bezahlt hatte und auf die Straße hinaustrat, wagte er sich kurz nach Negrete umzuschauen, quasi zum Abschied. Da fiel ihm etwas auf, was ihm bisher entgangen war. Abgesehen von der Glatze war Negrete sein leibhaftiges Ebenbild, denn nicht nur in Alter und Statur glichen sie sich, sondern auch Negretes Gesichtszüge, vor allem die riesige Nase, zeigten eine auffällige Ähnlichkeit. Überhaupt war Negretes gesamtes Erscheinungsbild geradezu ein Abklatsch seines eigenen.

Besorgt durch diese unverhoffte Entdeckung, beschloss Riverola, sich schleunigst aus dem Staub zu machen. Zu viele Parallelen, befand er. Doch nach kaum vier Schritten spürte er das morbide Verlangen, Negrete erneut in Augenschein zu nehmen. Als er auf der Straße stehen blieb und zurückblickte, um ein letztes Mal dieses Profil zu sehen, das seinem so ähnelte, entdeckte er, dass Negrete soeben ungeduldig bei der Kassiererin zahlte und es plötzlich sehr eilig zu haben schien. Riverola hatte das Gefühl, es sei höchste Zeit, diesem sechsten Sinn zu folgen, der einem, so paranoid er auch erscheinen mag, doch manchmal das Richtige eingibt. Jeder vernünftige Mensch hätte in dem Moment ebenso gedacht wie Riverola. Es mochte zwar absurd klingen, aber der Spion der Unendlichkeit schickte sich eindeutig an, ihm nicht nur im Bonaparte nachzuspionieren.

Riverola beschloss so zu tun, als habe er nichts bemerkt, aber er würde die nötigen Schutzmaßnahmen gegen seinen Verfolger ergreifen und erst nach einem langen Umweg wagen, sich in den dunklen Eingang seines nahe gelegenen Hauses in der Rue Saint-Benoit zu flüchten. Lange irrte er ziellos umher, verlief sich in den Straßen des Viertels, bis er sich plötzlich wieder zurechtfand, als er in die Rue de l'Ancienne Comédie einbog. Unverhofft drehte er sich um und konnte gerade noch sehen, wie Negrete sich mit erstaunlichem Reaktionsvermögen zunächst dicht an eine Hauswand und kurz darauf die Nase an das Schaufenster eines Antiquitätenladens drückte. Riverola machte kehrt und tat, als hätte er nichts bemerkt, doch als er kurz darauf in die Rue Jacob einbog, wandte er sich unvermittelt wieder um und bekam ein eher lächerliches Schauspiel zu sehen, als Negrete, der Prophet des neuen Auges, abrupt hinter einer Straßenecke stehen blieb und dort verharrte, wobei nur seine riesige Nase hervorlugte.

Riverola beschleunigte seinen Schritt, bis er den Eingang zu seinem Haus erreicht und die Tür von innen verschlossen hatte. Als er endlich oben in seiner Mansarde die Tür verriegelte, sagte er sich, seine jämmerliche Feigheit und Schreckhaftigkeit würden ihm bei der Ausübung seines neuen Berufes als Spion irgendwann gewiss noch ernste Schwierigkeiten bereiten. Mit dem festen Vorsatz, nicht in Panik zu geraten, versuchte er zunächst vergeblich Schlaf zu finden. Seine größte Sorge war, wie er es anstellen sollte, weiterhin als Häusermakler aufzutreten, der seinen Urlaub in einer ihm zeitweilig überlassenen Mansarde in Paris verbrachte, gleichzeitig aber die nötigen Sicherheitsvorkehrungen zu treffen und nie zu vergessen, dass er nun ein Spion war.

Riverola schlief mit dem Gedanken ein, ob Negrete nicht vielleicht sein Schutzengel war, sein geheimer Bewacher und ein weiterer Agent seiner Organisation, jemand mit der Aufgabe, ihn zu beschützen. Er dachte noch, wenn Negrete nicht zu seinen Leuten gehörte, dann war er zweifellos ein feindlicher Agent, der sich als Maler, Beobachter der himmlischen Gefilde und Prophet des neuen Auges ausgab. War er aber tatsächlich ein feindlicher Agent, blieb die Frage, warum er ihm so unverhohlen nachspionierte. Mit diesen und ähnlichen Gedanken schlief Riverola schließlich ein, bis er um Mitternacht, von Kopf bis Fuß in grabeskalten Schweiß gebadet, hochschreckte, denn er hatte geträumt, Negrete sei nicht nur ein Doppelagent, sondern auch die Person auf der Welt, die ihm am meisten ähnlich sah. Mit anderen Worten, er war auch sein Double.

In diesem Zustand, leichenstarr vor Kälte, vernahm er leise Schritte und ein rasselndes Atmen hinter der Mansardentür. Als er durch den Türspion spähte, vermeinte er jenseits der Holztür, doch ganz nah, nur durch die kleine Linse getrennt, eine eisige Pupille zu erkennen. Da sagte er sich, es sei höchste Zeit aufzuhören, ein elender Jammerlappen zu sein, trat vom Guckloch zurück und riss abrupt die Tür auf. Es war niemand da.

«Es war niemand da», sagte Riverola im Speisewagen, «wissen Sie, was das heißt: Niemand? Genau das. Niemand.»

Ich hegte nicht mehr den geringsten Zweifel, dass er heillos betrunken war. Da jedoch alles darauf hindeutete, dass der Augenblick nahte, in dem er mir etwas Wichtiges erzählen würde – und es im Übrigen so schien, als würde er mit dem Wein immer aufrichtiger –, beschloss ich, noch ein wenig auszuharren, bevor ich schlafen ging.

«Am nächsten Tag», sagte Riverola, «wechselte ich das Café. Ich nahm weit entfernt vom Bonaparte auf der Terrasse des Chez Antonin Platz. Dort bestellte ich meinen Tee. Damals trank ich noch nicht so wie heute. Ich bestellte meinen Tee und hatte für eine Weile meine Ruhe, bis ich auf einmal in der gegenüberliegenden Bar, auf die Musikbox gestützt, wieder den Spion entdeckte. Ich hoffe, Sie glauben mir, wenn ich Ihnen sage, dass er mir genauso gekleidet zu sein schien wie ich. Da habe ich das Lokal fluchtartig verlassen ... Aber, bitte tun Sie mir den Gefallen, warum trinken Sie nicht noch einen Tropfen mit mir? Das würde Ihnen gut tun.»

«Danke, ich fühle mich gut.»

«Ich rannte davon», fuhr Riverola fort, «und verlor ihn an dem Tag aus den Augen. Doch als ich am nächsten Tag im Café Pascal saß – ich weiß noch, dass es heftig regnete –, erlebte ich einen dieser Momente, die man nie mehr im Leben vergisst. Gerade begann ich, mich wieder einigermaßen wohl zu fühlen, da ich mich vor meinem Verfolger sicher glaubte. Doch als ich zerstreut zur Straße schaute, entdeckte ich unversehens einen Mann mit Regenschirm vor dem Portal einer nahe gelegenen Kirche, der genau den gleichen Trenchcoat trug wie ich. Der Mann dort draußen im Regen, der so gekleidet war wie ich, war Negrete. Ich sah, wie er hastig verschwand, als hätte er gemerkt, dass ich ihn entdeckt hatte. Na schön, ich beschloss also, einen Bericht über das zu verfassen, was mir widerfuhr, und ihn dem Vietnamesen zu schicken, meinem unmittelbaren Kontaktmann in der Organisation. Ich glaube, das war ganz vernünftig, finden Sie nicht?»

«Das denke ich wohl», sagte ich.

«Ich schrieb einen Bericht. Sie antworteten mir, sie wollten es überprüfen, doch zunächst sollte ich die Wohnung und das Viertel wechseln. Also zog ich in ein Hotel in der Rue Bernard, ganz in der Nähe der Metro-Station Alesia. Dort wiegte ich mich in völliger Sicherheit. Mehr als zwei Wochen lang bekam ich meinen seltsamen Verfolger nicht mehr zu Gesicht. Doch als ich eines Nachmittags im Taxi an der Metro-

Station Montparnasse vorbeifuhr, entdeckte ich plötzlich Negrete, der an einer Säule lehnte. Ich erinnere mich noch genau, dass es an dem Tag wieder regnete. Sie werden mir wohl glauben, dass ich völlig erstarrte. Trotz des flüchtigen Eindrucks war klar, dass Negrete mein leibhaftiges Ebenbild geworden war, denn er trug eine Perücke, die perfekt meiner Frisur entsprach, und mit seinem Anzug und seinem Trenchcoat war er genauso gekleidet wie ich. Mir schien offensichtlich, dass sich der Spion der Unendlichkeit aus irgendwelchen Gründen, die mir verborgen blieben, für mich ausgab. Wieder schrieb ich einen Bericht, und wieder sagten sie mir, sie würden dem nachgehen. Und wissen Sie, was dann geschah?»

«Keine Ahnung», sagte ich und starrte auf seine Nase, die der meinen immer ähnlicher schien.

«Drei Monate, nachdem ich ihn als Ich verkleidet an der Metro gesehen hatte, erfuhr ich aus der Zeitung von seinem Tod. Nie werde ich vergessen, wie sehr mich das Foto seiner Leiche im *France-Soir* aufgewühlt hat. Es war geradeso, als hätte man mich ermordet. Wie er da so auf einer Bank im Jardin du Luxembourg saß, mit seiner Perücke, einer perfekten Imitation meiner Frisur, in meiner Kleidung und mit einer Kugel in der Stirn, war er das leibhaftige Abbild meines Todes. Auf seiner Nase, dieser Nase, die so sehr meiner glich, waren Blutstropfen zu sehen. Augenzeugen hatten berichtet, er sei mit einem einzigen gezielten Schuss von einem Mann mit orientalischen Zügen erledigt worden.»

Riverola sagte mir, er wisse nicht mehr, wie lange er ungläubig auf die Zeitung gestarrt habe mit dem beklemmenden Gefühl, in den Spiegel zu blicken. Er wusste nicht mehr, wie lange er den schauerlichen Blick des Toten und die Fassungslosigkeit seines letzten schmerzlich verzerrten Grinsens im Angesicht dieser unerwarteten, schicksalhaften Fügung wie ein Spion erkundete.

«Nicht jeder», schloss Riverola, «hat schon mal ein Foto von sich als Leiche gesehen.»

Er war erschöpft, fix und fertig von der Unmenge Wein, und auch weil ihn das Erzählen dieser Geschichte offenbar die letzte Kraft gekostet hatte.

«Ich sah weiß Gott nicht gut aus als Leiche», sagte Riverola und sackte fast besinnungslos auf unserem Tisch im Speisewagen zusammen.

Ich drängte darauf, endlich schlafen zu gehen. «Nichts da, mein Lieber», wiederholte er. Er wirkte ausgesprochen gekränkt. Schließlich konnte ich ihn doch überzeugen, dass es bereits spät sei. Zurück in unserem Abteil – ein Kellner hatte mir geholfen, ihn dorthin zu verfrachten –, fing er an dummes Zeug zu faseln. Wir hatten schon das Licht gelöscht und schliefen halb, als er mir stammelnd und in wirren Sätzen vom Ende seiner Tätigkeit als Geheimagent zu erzählen begann. Sie zitierten ihn in den Vorort von Meudon, wo der Vietnamese erschien und ihm, ohne sich zu einer Erklärung oder auch nur einem Wort herabzulassen, einen Umschlag mit einem knappen Schreiben in die Hand drückte, in dem Oberst Jouvet – der, wenn ich recht verstanden habe, mit dem Pseudonym Chevalier de Pas unterzeichnet hatte – in seine fristlose Kündigung einwilligte, die Riverola im Leben nicht eingereicht hatte, und ihm nahe legte, in weniger als vierundzwanzig Stunden aus Paris zu verschwinden.

Nach diesen Worten schien Riverola in seiner Schlafkoje bitterlich zu schluchzen. Vielleicht war es die Wirkung des Alkohols. Etwas später wollte er mir noch unbedingt einige komplizierte Geheimparolen beibringen, die er bei seinem kurzen Ausflug in den Beruf des Spions hatte auswendig lernen müssen.

Als wir am nächsten Morgen in Lissabon eintrafen, war Riverola frischer als eine Rose. Beim Abschied wollte er wissen, ob ich die Parolen der letzten Nacht behalten hätte. Ich konnte sie noch runterbeten, nachdem ich sie eine halbe Ewigkeit lang mit der Geduld eines Heiligen von Koje zu Koje eingepaukt bekommen hatte.

«An Bromid dachte immer der Oberst», sagte Riverola.

«Aber ich erinnere mich nicht und mache keine Pause», sagte ich.

«Dann erinnere dich daran, dass sie ohne Pause in der Moskaya arbeiten.»

«Weil sie ihre Mützen wenden können.»

«Genau», sagte ein lächelnder Riverola. «Und auf Wiedersehen, mein Freund. Ich wünsche Ihnen einen angenehmen Aufenthalt in Lissabon.»

«Ich werde wortlos die Barbierstube betreten», wollte ich ihn mit einer neuen Parole überraschen.

«Und lassen Sie sich von Igor Smurov rasieren», erwiderte er nach kurzem Stocken.

«Oder von meinem Vater. Ich habe ihn immer begleitet, um die Entfernungen zwischen den Apotheken auszumessen.»

Mit dieser neuen Losung war es mir gelungen, ihn zu überraschen. Für einen Moment verstummte er.

«Also, auf Wiedersehen», sagte er schließlich und schickte sich an, aus dem Zug zu steigen.

«Auf Wiedersehen», sagte ich, als wir schon auf dem Bahnsteig standen. «Übrigens, ich nehme an, dass Sie bereits gemerkt haben ...»

«Noch eine Losung, mein Freund?»

«Nein. Dass sie schon bemerkt haben, dass wir beide, Sie und ich, uns sehr ähnlich sehen?»

«Nur die Nase, nicht mehr», sagte er leicht irritiert. Dann entfernte er sich. Ich blieb stehen, unschlüssig, ob ich ihm folgen sollte. Ich sah ihn energischen Schrittes und vielleicht glücklich davoneilen. Ich blieb und grübelte, wie seltsam alles gewesen war und dass Misstrauen die Essenz der Spionagesprache ist, was vielleicht erklärt, warum Unterhaltungen zwischen Spionen oft genug völlig absurd, unverständlich und am ehesten nach Geheimcode klingen.

In meinem Vortrag am Abend in der Calle Verdi würde ich Riverolas Geschichte erzählen, überlegte ich mir in der Einsamkeit meines Arbeitszimmers. Und danach malte ich mir aus, wie ich abends um sieben Uhr dreißig die Calle Durban entlanglief, bevor ich meinen Vortrag halten würde. Die Calle Verdi lag ganz in der Nähe meines Hauses im Stadtteil Gràcia. Die Calle Verdi verlief parallel zur Calle Durban. Wenn meine Kalkulation stimmte, würde ich zehn Minuten bis zum Veranstaltungsort brauchen. Vor allen anderen würde ich den Vortragsraum betreten und ungeheuer interessiert dreinblicken, als sei ich nicht der Redner, sondern der allererste Zuhörer. Ich würde einen Mantel und eine Fliege tragen, eine Kopie Pessoas, wie er wortlos eine Barbierstube in Lissabon betrat.

Am Abend in der Calle Verdi würde ich erst von Riverola erzählen und dann davon, wie ich mich als Kind mit tief empfundenem, stechendem Schmerz als Spion betätigen musste, um herauszufinden, was meinen Vater so bedrückte. Ich würde mich in meine Kindheit nach dem Krieg zurückversetzen, als ich, wie ich Riverola schon in vermeintlich verschlüsselter Form angedeutet hatte, meinen Vater auf den Straßen der Oberstadt von Barcelona begleitete, wo er mit Hilfe eines einfachen Metermaßes die Bürgersteige vermaß, um die erlaubte Entfernung zwischen zwei Apotheken zu bestimmen und auf diese Weise einen Zwischenraum zu finden, wo er mit dem von einem großzügigen Verwandten geliehenen Geld eine eigene Apotheke aufmachen könnte.

Er nahm seine Messungen immer trübsinnig über den Asphalt gebeugt vor. Von all dem Bücken entwickelte er mit der Zeit einen gewissen Hang zur verborgenen, geheimnisvollen Welt des Untergrunds. Das tosende Leben jener mysteriösen Welt fand in ihm schließlich einen ebenso aufmerksamen wie unfehlbaren Beobachter, einen Spion und Komplizen zugleich.

Ich begleitete ihn wie der Junge in *Fahrraddiebe*, seinem Lieblingsfilm, vielleicht weil dieser Film der einzige war, bei dem er sich mit dem Protagonisten identifizierte und seine Tränen nicht zurückhalten konnte. Ich begleitete ihn und beobachtete, wie er sich um die Ernährung seiner Kinder sorgte, aber vor allem wie seine Beklommenheit sichtlich wuchs, je intensiver er mit der mysteriösen Welt des Untergrunds kommunizierte, einem Universum, das mir immer wie eine Ausgeburt der diversen Launen des Unsichtbaren erschien.

Ich bespitzelte meinen Vater mit einem Gefühl des Schmerzes und der tiefen Sorge um ihn. Damals ahnte ich ja noch nicht, dass Spionage auch beglückend sein kann. Ich bespitzelte ihn mit tiefem, kindlichem Schmerz. Folglich kann ich sagen, dass ich, bevor ich Dalí ausspionierte, nicht wusste, dass Spionieren, meist ein unerschöpflicher Quell des Glücks, genauso gut, wenn auch selten, mit Schmerz einhergehen kann.

Abends in der Calle Verdi würde ich erzählen, wie mein Vater tagtäglich unter zwei Formen von Angst litt: unter der Angst vor dem Hunger, der seiner Familie drohte, und unter der Angst vor den unterirdischen Launen der Unterwelt. Auch die dritte Form würde ich erwähnen, die schlimmste. Nur weil mein Vater Unamuno gelesen hatte, kam sie noch hinzu, während wir an jenen Nachmittagen im August den Stadtteil Bonanova durchstreiften.

Diese dritte Angst war simpel und zugleich tragisch. Mein Vater begann zu ahnen, dass wir nicht unsterblich sind, was ihm nachts den Schlaf raubte und tags den Atem zum Ausmessen der Pflastersteine; das Wissen um seine Sterblichkeit ließ ihn in ständiger Angst leben; sein Glaube an die Existenz Gottes fiel in sich zusammen wie ein Kartenhaus, und das teilte er mir eines Tages mit.

«Den Himmel gibt es nicht», sagte er unverhofft, als er mit seinem Metermaß gerade vor dem Eingang eines prunkvollen Wohnhauses im Stadtteil Bonanova im Norden Barcelonas hockte.

«Woher weißt du das?», fragte ich.

«Dein Vater liest Unamuno, einen großen spanischen Denker, der, seit er entdeckt hat, was ich soeben gesagt habe, in ständiger Panik lebte. Von hier unten sieht es dein Vater ganz genau, er sieht, dass der Himmel eine Lüge und alles Beschiss ist.»

Sein Gesicht war angespannt, wie schmerzverzerrt. Heute erinnert mich das des Barbiers von der Calle Durban an meinen Vater.

«Aber es wäre mir lieb», fuhr mein Vater fort, «wenn du das Geheimnis für dich behalten und deiner Mutter kein Sterbenswörtchen sagen würdest. Sie hat es verdient, glücklich weiterzuleben; ich wünsche ihr um nichts in der Welt ein vergrämtes Gesicht.»

«Ich werde ihr nichts sagen.»

Einen Moment lang fühlte ich mich mächtig stolz als Komplize meines Vaters.

«Es gibt Dinge», sagte er, «über die kleine Jungen, genau wie erwachsene Männer schweigen müssen. Behalte gut, was dein Vater dir eben gesagt hat, wenn du als Erwachsener ...», er überlegte kurz, wie er den Satz beenden sollte, und wiederholte sich schließlich, weil der Ausdruck ihm wohl gefallen hatte, «... nicht mit vergrämtem Gesicht rumlaufen willst.»

Was vergrämte Gesichter betraf, brauchte man sich nur ihn anzuschauen. Ich beobachtete ihn. Das Leid, das ihm in sein ernstes, tieftrauriges Gesicht geschrieben stand, war herzzerreißend. Jahrelang hatte ich gedacht, an all dem sei Unamuno schuld, und ich mied sogar seine Lektüre. Doch heute, im Schatten dieses hundertjährigen Maulbeerbaums, wo ich jetzt schreibe, ist mir klar, dass auch sein Kontakt mit den Stimmen des Untergrunds, seine seltsame Art, ins Tageslicht zu treten, seine seltsame Lebensweise ihre Wirkung hatten, genauso seltsam wie meine Lesart der Behauptung, den Himmel gebe es nicht, was ich auf meine Weise verstand. Immerhin war ich erst neun. Ich dachte einfach, die Wolken und das Blau über uns seien ein unechtes, von Menschenhand gemaltes Dach.

Eine Stunde später war mir fast glücklich zumute, als ich an der Hand meines Vaters die Calle Balmes hinunterlief, ganz unter dem irrigen Eindruck, der Himmel sei nichts als eine immense, traurige, manchmal bewegliche Farbschicht.

Eine ähnliche Sicht vom Himmel sollte ich Jahre später wieder einmal haben, bereits als Erwachsener in Madrid. Nachdem ich tagelang in einem Zimmer im oberen Stockwerk eines Hotels, fern von jeglichem Lärm, also sozusagen dem Himmel sehr nah, zugebracht hatte, musste ich schließlich, um weiterzuschreiben, in ein Zimmer im Erdgeschoss umziehen, das an einer sehr lärmenden Straße lag, wo zu allem Übel noch mit dem Pressluftbohrer gearbeitet wurde. Wenn ich ins Erdgeschoss umzog, dann deshalb, weil ich mir erhoffte, dort im Kontakt mit den fernsten imaginären Stimmen des Untergrunds würde es mir leichter fallen, den ersten Band dieser streng realistisch konzipierten Trilogie zu schreiben, in der ich über die einfachen Leute aus meiner Straße in Barcelona erzählen wollte, über die Menschen von der Calle Durban, die Ärmsten der Armen.

Mit anderen Worten, einige Tage lang war ich in Madrid von etwas überzeugt, das mir heute völlig absurd erscheint; ich war überzeugt, nur über die Verlierer im Leben, über *die von ganz unten*, schreiben zu können, wenn ich mich so weit wie möglich vom himmlischen Schweigen entfernte.

All das wollte ich abends in der Calle Verdi vorbringen und dann, nach einer kurzen Parenthese über meine falschen Vorstellungen während meiner Madrider Zeit, auf den Augustnachmittag zurückkommen, an dem ich mit meinem Vater die Calle Balmes runterlief und mich fast glücklich fühlte im Glauben, der Himmel sei nur ein gemaltes Dach, das sich manchmal bewegte.

Auch davon, wie dieses kindliche Glücksgefühl getrübt wurde, wollte ich erzählen; denn ich beobachtete meinen Vater eine Weile verstohlen von der Seite und entdeckte, dass er noch bedrückter war als üblich. Dieser Eindruck sollte sich bestätigen, als wir kurz darauf an einem Fußgängerüberweg an der Vía Augusta stehen blieben und mein Vater plötzlich das Verlangen hatte, jemandem mitzuteilen, wie niedergeschlagen er sei. Da er keine Freunde besaß und an diesem Tag keine Skrupel kannte, fiel ihm nichts Besseres ein, als seine Verzweiflung an mich weiterzugeben.

«Ich stecke in einer Glaubenskrise», sagte er. «Besser, du weißt es; du bist jetzt groß genug, um zu begreifen, was dein Vater dir sagt. Ich fürchte, Gott existiert nicht. Schlimmer noch, ich befürchte noch weitaus Schrecklicheres. Es gibt nichts nach diesem Leben. Wir werden sterben und das war es dann.»

«Und das war es dann?»

«Ich fürchte ja, damit ist alles zu Ende.»

«Dann kommen wir also nicht in den Himmel?»

«Ich sage dir doch, den Himmel gibt es nicht.»

Als er das losgeworden war, ohne sich darum zu scheren, dass mir seine Offenheit und noch mehr seine hoffnungslose Unreife mir meine Kindheit verdarben, eröffnete er mir, wir würden trotzdem weiter zur Sonntagsmesse gehen, um meiner Mutter die Enttäuschung ihres Lebens und eine verhärmte Miene zu ersparen.

«Es gibt keinen Grund, ihr das Leben schwer zu machen», sagte er. «Deshalb ist es so enorm wichtig, dass du das Geheimnis für dich behältst. Auch wenn du mich während der Sonntagsmesse beten siehst, in Wirklichkeit werde ich nur so tun. Wirst du unser Geheimnis hüten?»

«Das werde ich», sagte ich zerknirscht, aber auch geehrt, weil ich zum ersten Mal im Leben eine Verantwortung hatte. «Ich werde schweigen», bekräftigte ich.

«So ist es recht», sagte er.

Das Grün der Ampel zeigte uns, dass wir die Vía Augusta nun überqueren konnten, doch mein Vater schien wenig daran gelegen zu sein. Er hielt meine Hand ganz fest und stand seltsam regungslos da, als hätte er sich wieder dem Knistern und Knarren des verborgenen Lebens im Untergrund zugewandt. Er wirkte wie ein Fuchs auf der Lauer, es fehlten nur noch die wild aufgestellten Ohren. Wieder fragte er mich, ob ich fähig sei, das wichtige Geheimnis zu hüten. Als ich meine Antwort wiederholen wollte, merkte ich, dass die Frage gar nicht mir gegolten hatte. Stattdessen hatte ich den Eindruck, dass er Zwiesprache mit einer der Stimmen hielt, die ihn seit geraumer Zeit ständig in Angst und Schrecken versetzten.

Ich weiß nicht, wie lange wir dort völlig reglos standen. Wir hätten ausgesehen wie ein Monument zu Ehren des unsterblichen Gespanns von Vater und Sohn, wenn wir nicht, wie ich soeben erfahren hatte, nichts von Unsterblichkeit besessen hätten, rein gar nichts. Wir sterben, und das war es, so hatte mein Vater gesagt. Der Satz dröhnte mir noch in den Ohren. Ein Gefühl heillosen Entsetzens und Widerwillens hatte sich meiner bemächtigt. Beides gepaart mit einer Stinkwut auf meinen Vater, da ich mir dachte, er hätte sich doch besser informieren sollen, bevor er mich zeugte; so hätte er mir wenigstens die bittere Pille erspart, auf die Welt zu kommen, nur um dann zu erfahren, dass ich nach einem Aufenthalt von wenigen Jahren auf Erden sterben musste. Sterben war die einzig mögliche Bestimmung dieser merkwürdigen Lebensweise, das mein Vater mir wie alle Väter auf der Welt aus einer bloßen Laune heraus geschenkt hatte.

Ich weiß nicht, wie lange wir dort schon halb gestorben an der Ampel standen. Ich weiß nur, dass ich von einem bestimmten Moment an aufhörte, ihm böse zu sein, und es mir nur noch Sorge machte, ihn so völlig reglos und tieftraurig zu sehen.

«Papa», sagte ich. «Du stehst da wie eine Statue.»

Wie durch ein Wunder fuhr auf einmal wieder

Leben in ihn, als hätten meine Worte ihn in Bewegung gesetzt.

«Deine Mutter soll weiterhin glücklich in die Kirche gehen, das muss unsere einzige Sorge sein», sagte er.

Gleich darauf überquerten wir die Vía Augusta, ich fester an seine Hand geklammert denn je. Ich war vollkommen mit ihm ausgesöhnt, beherrscht von seltsam gemischten Gefühlen zwischen Zärtlichkeit und Liebe und vor allem Traurigkeit, weil nämlich er derjenige mit der vergrämten Miene war.

Als wir die Travessera de Gràcia erreichten, sagte mir mein Vater unvermittelt mit sehr ernstem Lächeln:

«Macht nichts, eigentlich macht es ja nichts. Letzten Endes heißt Tod nichts weiter als sterben.»

Mag sein, dass er das zu seinem eigenen Trost sagte, denn ich glaube nicht, dass es zynisch gemeint war. Jedenfalls nahm ich ihm seine Worte schwer übel. Um meinen Vater nicht zu hassen, projizierte ich meine ganze Wut in den folgenden Monaten auf etwas weniger Fassbares: auf den Sommer, besonders auf die späte Lebendigkeit der Augusttage. Am meisten hasste ich allerdings die Sonntage, die ich mit den qualvollen, endlosen Messen verband, wo mein Vater so tat, als ob er betete, während er tatsächlich nur Unverständliches vor sich hin murmelte, was allein ich hören konnte.

Während der Messe stellte er sich also betend, während er in Wirklichkeit unaufhörlich ein erbärmliches Wimmern aus den Tiefen seiner Seele von sich gab, eine kaum vernehmbare und dennoch herzzerreißende Klage. Ich hütete voller Sorge und mit einiger Mühe sein Geheimnis. Und ich quälte mich mit der Frage, warum er sich nicht anders zu helfen wusste, als sich blindlings in eine derartig erbärmliche und ausweglose Lage zu bringen. Zum Trost für diese Farce führte meine Mutter ein glückliches Leben, ohne das Drama im Entferntesten zu ahnen, im festen Glauben, dass mein Vater der frommste Mensch auf Erden sei. In meiner Besorgnis spürte ich dieser Heiterkeit meiner Mutter nach, und mit der gleichen Beklommenheit beobachtete ich das heidnische Possenspiel meines Vaters. Unter diesen Umständen ist es kaum verwunderlich, dass mir die Messen endlos vorkamen, zumal zu der doppelten Anstrengung, meine Eltern im Auge zu behalten, noch die Litanei der Predigten, der Wandlung und der unzähligen Kniebeugen kam. Die Messen schienen nie enden zu wollen. Eines Sonntags beschloss ich, mir etwas zu suchen, um die Zeit totzuschlagen, und verfiel ausgerechnet auf die Idee zu ergründen, worüber mein Vater mit den Stimmen des Untergrunds redete.

Bis dahin war es mir nie gelungen, irgendeinen zusammenhängenden Satz aus dem traurigen Gebrabbel meines Vaters herauszuhören. Doch an besagtem Sonntag machte ich mich ans Werk und belauschte ungewöhnlich konzentriert sein merkwürdiges Gemurmel und Brummeln.

Ich spitzte sozusagen die Ohren. Und ich tat es wie ein geübter Spion.

Doch ich konnte nur folgende Worte aufschnappen:

«Wozu komme ich bloß her?»

Und kurz darauf, fast wie eine Klage aus der Sakristei oder aus dem Jenseits:

«Nein, mein Lieber, da müsste ich ja ganz schön blöd sein!»

Draußen, außerhalb der Kirche, regnete es. Ich glaube, das ließ die Worte, die mein Vater vor sich hin grummelte, noch geheimnisvoller klingen. An dem Sonntag beschloss ich, als wir die Kirche verließen, mich in den Sinn seines Gebrabbels einweihen zu lassen. Ich nutzte die Gelegenheit, als meine Mutter zurückblieb, um meinen Vater hinter vorgehaltener Hand zu fragen, worüber er mit den Ratten in der Krypta und den Katakomben der Kirche redete.

Nach dieser forschen Frage empfahl ich mich allen Heiligen des Himmels, obwohl es gar nicht nötig war, denn die Frage war ganz logisch. Immerhin ruhten einige Nonnen mumifiziert in den Kellergewölben jener Kirche. Das wusste selbst jedes Kind. Daher war meine Frage durchaus nicht ungewöhnlich. Aber so irritiert, wie er auf meine Worte reagierte, erreichte er, dass sie seltsam klangen. Völlig verdutzt bat er mich, meine Frage noch einmal zu wiederholen.

«Ich möchte gerne wissen», sagte ich, «warum die Mumien, die unter der Kirche liegen, dich für blöd halten.»

Mein Vater stolperte, während sein Schirm sich umstülpte.

«Für blöd!», wiederholte er echogleich meine Worte. Die Fäuste in die Hüften gestützt, war er stehen geblieben und ließ sich unnötigerweise nass regnen, wobei nicht klar war, ob er nun mordswütend oder nur sprachlos vor Staunen war.

In dem Moment kam meine Mutter und wollte wissen, was los sei. Mein Vater bückte sich, wie wenn er Pflastersteine ausmaß, und küsste beinahe den Asphalt, um seinen Schirm einzufangen. Schließlich richtete er sich wieder auf und sagte würdevoll, wenn auch von Kopf bis Fuß pitschnass, zu meiner Mutter:

«Nichts ist los, unser Sohn ist nur verrückt.»

Ich schwor, mich eines Tages zu rächen. Es erboste mich zu sehen, wie er so tat, als wisse er nichts mehr von unserem Geheimnis, dass ich um ein Haar gleich alles ausposaunt hätte. Aber ich schwieg dann doch wie ein Grab, und auch nach diesem Ereignis verstrichen die Tage, viele Tage und viele Monate, ohne dass sonntags je das traurige Gemurmel und die leise, herzzerreißende Klage ausblieb. Ich spitzte die Ohren und schnappte bisweilen den einen oder anderen halbwegs zusammenhängenden Satz auf, etwa folgender Art:

«Im Herzen Venedigs wohnt das Übel.»

An jenem Tag habe ich den ganzen Nachmittag lang über diesen Spruch gegrübelt. Ich habe mich sogar gefragt, ob die Stimmen des Untergrunds womöglich die Seele meines Vaters vergiftet hatten. Vielleicht nistete das Übel ja in seinem Herzen. Womöglich war mein Vater wie Venedig, ein Hort des Abscheus. Und wenn dieses Übel ansteckend war? Und wenn jeder, der sich meinem Vater in aller Harmlosigkeit näherte, ihm nur noch mit kranker Seele begegnen konnte?

Mir meiner verdorbenen Seele bewusst, spionierte ich ihm Sonntag für Sonntag nach. Bis ich eines Tages mitten im Dankgebet sah, wie er mir ungewöhnlich auffällig einen vielsagenden Blick zuwarf, einen seiner

Blicke tiefster Verschworenheit. Um ein Haar hätte ich ihn erneut gefragt, worüber er mit den Ratten sprach, was er mit den Stimmen des Untergrunds beredete, wenn er so tat, als würde er beten. Am Ende habe ich es doch unterlassen und mich ostentativ auf die Beobachtung von Szenen konzentriert, die sich weit weg von meinem Vater abspielten. So verfolgte ich gebannt die Abläufe beim Dankgebet, beobachtete alles genau so, wie man es mir vom Vater meiner Mutter erzählt hatte, aus den letzten Lebensmonaten meines Großvaters, in der Familie besser bekannt unter dem Spitznamen Schwarzbart, obwohl ich ihn lieber anders nannte, denn für mich war er immer der *Voyeur* Gottes.

Als ich schließlich aus purer Ermüdung aufhörte, das Zeremoniell der Danksagung zu verfolgen, beschloss ich an jenem Tag, mich wieder auf meinen Vater zu konzentrieren und ihn noch einmal genau im Auge zu behalten. Bei der Gelegenheit hatte ich den Eindruck, ihn leiden zu sehen wie noch nie. Er stand völlig verzagt da, scheinbar ins Gebet vertieft, im Wissen um seine Sterblichkeit und halb tot vor Pein, wie von Dämonen besessen. Unwiederbringlich tot. Gestorben für ein fröhliches Leben. Und plötzlich ging mir bei meinem zärtlichen Ausspionieren ein Licht auf. Vielleicht tat es ihm noch Leid, weil er so getan hatte, als wisse er nichts mehr von unserem Geheimnis, jedenfalls glaubte ich, als ich ihn dort so traurig und bekümmert wie nie vor sich hin murmeln sah, in ihm den Feigling zu erkennen. Mit anderen Worten, mit den Worten dessen, der sich heute im Schatten eines hundertjährigen Maulbeerbaums an den entscheidenden Moment seiner Kindheit erinnert: Es war regelrecht abstoßend, seinen eigenen Vater zu sehen, einen Mann von echtem Schrot und Korn, der es nicht wagte, der Mutter zu sagen, dass er nur an die Materie glaubte und daran, dass die Ewigkeit nichts als ein Stück Erde sei, wo man ihn eines Tages begraben würde. Ein jämmerlicher Feigling.

Ich weiß nicht, wer gesagt hat – ich glaube, es war Conrad –, dass wir Männer mit Hasenherzen auf die Welt kommen, und das sei ein großes Problem. Tatsache ist, dass mich seine Feigheit an dem Tag dermaßen erboste, dass ich beschloss, ihm auf der Stelle sein jämmerliches Theater zu verderben. Als er hingebungsvoller denn je in seiner Rolle als heimlicher Atheist aufging, auf dem Höhepunkt seines unausstehlichen und mit geradezu peinlicher Inbrunst zelebrierten Brabbelns, leistete ich mir erstmals im Leben ganz spontan die Indiskretion aller, vielleicht unbewusst, zum künftigen Vollblutspion Berufenen: nämlich die heimtückische Pseudodiskretion, die sich dadurch auszeichnet, dass man vor dem, der einem in gutem Glauben ein Geheimnis anvertraut hat, so tut, als wüsste man nichts mehr davon.

Ich verdarb ihm gründlich sein heidnisches Possenspiel und ließ damit definitiv meine Kindheit hinter mir. Als ich mir eben vornahm, all das in der Calle Verdi zu erzählen, klingelte erneut das Telefon. Ich schaute auf die Uhr und stellte erstaunt fest, dass die Zeit geradezu verflogen war; und dann sagte ich mir, wenn ich den Hörer abnähme, wäre höchst wahrscheinlich Carmina dran, denn gewöhnlich bin ich immer zu Hause erreichbar, wir Schriftsteller arbeiten wie die Hausfrauen ständig daheim; sicherlich rief sie nicht deshalb an, weil sie womöglich den Verdacht hegte, es sei etwas nicht in Ordnung.

Bevor ich in den Flur ging, um abzuheben, fand ich noch Zeit – als gönnte ich mir nicht die kleinste Pause während der Vorbereitung auf meinen so überaus wichtigen Vortrag –, einen flüchtigen Blick auf meine Stichpunktesammlung zu werfen, die ich, in mehrere Abschnitte gegliedert, einen auf jedem Quartblatt, im Laufe des Vormittags für die Abendveranstaltung in der Calle Verdi notiert hatte: meine gelehrte Einführung in das Thema, um das der Vortrag kreiste, der kokette Hinweis auf die Spionagepsychose der Spanier, meine unauffällige, aber konsequente Beobachtung der Künstler, meine Zugreise mit einem Berufsspion, die bedrückende Schwermut meines Vaters.

Mit einem unguten Gefühl nahm ich den Hörer ab. Diese Geste hat stets etwas von russischem Roulette. Zum Glück war nur Carmina dran mit ihrer unverkennbaren nasalen Stimme.

«Endlich gehst du ran. Was ist los? Ich rufe an, um dich zu erinnern, dass du Bruno heute eine Stunde früher von der Schule abholen musst, um fünf, heute hat er schon um fünf Uhr Schluss, denkst du daran?»

Ich gab kaum Acht, was sie sagte, da ich, ganz mit meinem Vortrag beschäftigt, gerade überlegte, wie ich von den Ängsten meines Vaters nicht allzu abrupt zum nächsten Thema überleiten könnte. Ich war auf der Suche nach einer neuen Geschichte und hörte Carmina nicht zu.

Als ich sie bat, ihre Worte zu wiederholen, regte sie sich furchtbar auf und begann mich anzuschreien. Ich ertrug schlecht, wenn Carmina sich so aufführte, und da ich bei ihrem Geschrei um mein Trommelfell fürchten musste, hängte ich kurzerhand ein. Anschließend wartete ich darauf, dass sie wieder anrief, was sie ganz sicher tun würde. Inzwischen kam mir die geeignete Geschichte in den Sinn, die auf die von der Feigheit folgen könnte: vielleicht eine Episode – apropos Soutanen und Kirchen – aus den letzten Lebensmonaten meines Großvaters, des erlauchten Gründers der dezimierten Dynastie der Spione, der ich angehörte, der Mann, der bei seinen sonntäglichen Messen minutiös das Zeremoniell der Eucharistie verfolgte, der sozusagen der Mann war, der sonntags die seltsamen Wandlungen Gottes erkundete; der Mann, der andererseits sein Leben lang in einer Brillenfirma gearbeitet hatte und der sich nach seiner Pensionierung zum Spion der Optiker in der Stadt entwickelte; der Mann schließlich, der sich in den letzten Tagen seines Lebens als passionierter *Voyeur* Gottes entpuppte.

Erneut klingelte das Telefon, und diesmal wartete ich, bis Carminas Stimme auf dem Anrufbeantworter ertönte.

«Bist du noch da? Entschuldige, ich weiß, dass ich dich nicht hätte anschreien dürfen, aber heute sind wir hier im Museum alle ein wenig durcheinander.»

Ich nahm so energisch ab, als zöge ich eine Pistole.

«Ist das denn meine Schuld?»

«Es tut mir leid, ich wollte dich nur erinnern, dass Bruno heute eine Stunde früher Schluss hat.»

«Bruno», sagte ich. «Ich habe nichts dazu gesagt,

aber ich nehme an, es ist auch dir nicht entgangen. Heute Morgen hat er mal nicht auf den Boden gestarrt und auch kein seltsames Zeug gefaselt, hoffentlich bleibt das so. Vielleicht besteht ja doch noch Hoffnung, dass er normal wird.»

In jenen Tagen war unser Sohn bei uns der beherrschende Gesprächsstoff, wir machten uns ununterbrochen Sorgen wegen seiner seltsamen Wesensart, obwohl der Psychiater, der ihn untersucht hatte, uns versicherte, wir hätten nichts zu befürchten, unser Sohn würde sich ändern, es sei nur eine vorübergehende Erscheinung: Anzeichen einer Weltverneinung, fast schon autistisch, wenn auch nicht ganz, nur eine exzessive Neigung zur Realitätsflucht, was zur Folge habe, dass er zu viel phantasiere und sich allerlei Geschichten ausdenke, um sich einer Welt zu entziehen, die ihm nicht behage. Doch das würde sich sehr bald auswachsen, hatte uns der Psychiater versichert, der Junge würde mit der Zeit den Kopf immer höher tragen und sich schließlich in die Realität fügen.

«Er wird allmählich normal», sagte Carmina.

«Aber selbst wenn ich ihn ein bisschen normaler sehe, kommt er mir immer noch wie ein Monster vor.»

«Er wird allmählich normal», wiederholte Carmina. «War denn vielleicht dein Vater, der sein Leben lang den Untergrund erforscht hat, normal? Der hätte ja fast eine Stelle als Forscher verborgener Welten hier im Wissenschaftsmuseum verdient. Zu Boden starren, wie du sagst, der Apfel fällt nicht weit vom Stamm. Jedenfalls habe ich dir schon tausendmal gesagt, dass du dir keine Sorgen machen sollst, der Junge ist auf dem besten Weg. Hast du heute Morgen doch selbst gesagt. Seit wir nicht mehr ununterbrochen auf ihn einreden, hat er Gott sei Dank angefangen, sich natürlicher zu verhalten, langsam zeigt er schon mehr Interesse an den Dingen. Ich war mir ja immer sicher, dass er nicht ewig den Hanswurst spielen will.»

Ihr widerstrebte der Ton, in dem ich von Bruno sprach, und mich störte, wie sie über meinen Vater, den Spion des Untergrunds, redete. Deshalb hackte ich weiter auf Bruno rum.

«Und ich habe dir schon tausendmal gesagt, dass wir nie Kinder haben dürften, aber du wolltest ihn ja unbedingt kriegen, und da hast du es nun.»

«Schon gut», sagt Carmina, «wir sollten jetzt nicht darüber streiten, denk nur daran, dass du ihn heute um fünf Uhr abholen musst.»

Ihn tagtäglich von der Schule abzuholen, war für mich eine Tortur, das Allerschlimmste, was ich derzeit für die Familie erledigen musste. Denn oft genug wurde ich an einer entscheidenden Stelle aus der Arbeit an meinem Roman gerissen und musste mich sputen, meinen gestörten Sohn abzuholen. Dafür, dass Carmina sich mit ihrer Museumsarbeit und einem anschließenden Ballettkurs rausredete, hätte ich sie verfluchen können; so drückte sie sich geschickt um die Folter herum, die es für jeden Normalsterblichen bedeutete, unseren missratenen Sohn Bruno abzuholen; völlig zu Recht nannte ihn seine Tante Rosita «missraten», obschon sie ihn nur wenige Male gesehen hatte, denn der Bengel war zweifellos missraten, für alle Leute im Viertel, ja alle Welt erkennbar, selbst seine eigene Mutter konnte es nicht leugnen. Deshalb hatte sie sich hinterlistigerweise beim Ballettkurs angemeldet und war noch eine halbe Stunde lang beschäftigt, wenn unser Sohn, dieses Monster ohne Lebenswissbegier, um sechs auf seinem Ranzen vor der Schule hockte und wartete, dass er abgeholt und heimgebracht wurde, nur um dort im Wohnzimmer ununterbrochen auf dem Teppich zu spielen oder zu lernen, immer mit gesenktem Kopf, den er nur manchmal kurz hob, um seine haarsträubenden Spinnereien loszuwerden.

«Na gut, ich muss jetzt Schluss machen, ich habe auch noch zu tun», versuchte ich das Gespräch abzubrechen, denn die Zeit drängte, ich musste meinen Vortrag fertig stellen.

Doch Carmina erkundigte sich noch, ob ich mit dem Roman weitergekommen sei. Ich wollte ihr lieber nicht erzählen, dass ich meine Trilogie *Unglückliche Gestalten* ad acta gelegt hatte, um den Vortrag für den Abend in der Calle Verdi zu entwerfen. Das würde sie hellhörig machen, sie würde den Braten riechen, denn sie wusste genau, dass ich die Veranstaltung nicht wichtig nahm, sie wusste zu genau, dass ich wie gewohnt über «die mythische Struktur des Helden» reden würde. Hätte ich ihr erzählt, dass ich meine Rede für die Calle Verdi penibel vorbereitete, wäre das wie Harakiri gewesen, damit hätte ich sie nur auf die Idee gebracht, dass ich vielleicht Rosita sehen würde.

Ich sagte ihr, ich hätte dreieinhalb Seiten über die Tragödie des Barbiers fertig, und gleich wollte sie wissen, was für ein Barbier und was für eine Tragödie. Da fiel mir ein, dass ich nie darüber geredet hatte, und erzählte ihr also von Vicente Guedes, dem Barbier der Calle Durban, dem Mann, der vor einigen Jahren Frau und Sohn verloren hatte, überfahren von einem Wagen mit einem Betrunkenen am Steuer.

«Obwohl er es mir nicht direkt erzählt hat», sagte ich zu Carmina und wagte gleich eine Analyse, «glaube ich, dass er Frau und Sohn durch den Frisiersalon ersetzt. Der arme Kerl sucht dort Zuflucht, weil sein Geschäft ihm als Einziges im Leben geblieben ist.»

«Was für ein Quatsch», war Carminas lapidarer Kommentar.

«Aber das ist doch gar nichts Ungewöhnliches», sagte ich entrüstet. «Was ich sage, ist gar nichts Ungewöhnliches und absolut kein Quatsch. Oder hast du noch nie von Menschen gehört, die, na sagen wir mal, sich einen Papageien als Ersatz für einen geliebten Menschen halten?»

«Was für ein Quatsch!», wiederholte sie, und dann herrschte leicht angespanntes Schweigen, bis ich, quasi als Entschuldigung für meine Worte, die sie ein wenig verwundert haben mochten, versuchte, mich besser verständlich zu machen:

«Keiner kann leben, ohne jemanden, oder notfalls etwas, zu lieben. Im Fall des Barbiers glaube ich, dass er seine Sehnsucht nach Liebe auf den Frisiersalon projiziert. Und über diese seltsame Art von Zuwendung habe ich heute Morgen geschrieben.»

Ich meinte, sehr überzeugend gewesen zu sein, doch das war ganz offensichtlich ein Irrtum, denn als ich am wenigsten damit rechnete, fragte mich Carmina, wohl ihrer – zugegebenermaßen ungewöhnlichen – weiblichen Intuitionen gehorchend, plötzlich ganz leise, ob ihre Schwester sich mal wieder gemeldet hätte.

Ich verfluchte den Tag, an dem ich, nur um zu zeigen, dass es noch Frauen gab, die mich anhimmelten, ihr erzählt hatte, dass ihre Schwester wieder aufgetaucht war und mich angerufen hatte, um mich zu sehen und unserer früheren Amouren zu gedenken. Ich bereute meine Offenheit unendlich.

«Ich habe nichts von ihr gehört, ist auch besser so. Habe zu viel zu tun mit dem Roman», sagte ich.

Verärgert über die unerwartet gefährliche Wendung, die unsere Unterhaltung genommen hatte, log ich, der Kaffee drohe in der Küche überzukochen, nur um das Gespräch rasch zu beenden.

«Die Geschichte vom Barbier, der seinen Salon liebt, stinkt zum Himmel. Deine Stimme klingt auch komisch. Warum habe ich nur den Eindruck, meine Schwester, dieses Flittchen, schleicht wieder um dich herum?», sagte Carmina.

Vergeblich versuchte ich, das Thema zu wechseln. Schließlich behauptete ich einfach, jetzt sei der Kaffeetopf explodiert, und legte auf. Mir wurde immer klarer, dass ich keine Zeit zu verlieren hatte und zu Ende bringen musste, was ich abends vortragen wollte; es sei denn, ich verließ Carmina – was ich mit Fortschreiten des Tages immer verlockender fand – und brannte mit dem Objekt meiner sexuellen Obsession durch, auch wenn das früher oder später unweigerlich in einer Katastrophe enden würde.

Nach dem Gespräch mit Carmina fühlte ich mich hundsmiserabel und außerstande, mich wieder an den

Schreibtisch zu setzen. In dem Fall hielt ich es für die beste Lösung, an meinem Vortrag an der frischen Luft weiterzuarbeiten. Da klingelte erneut das Telefon, doch ich weigerte mich abzuheben, denn sicher war es wieder Carmina. Ich ging ins Bad, duschte und zog mich in aller Ruhe an. Mit den üblichen Vorbehalten schaute ich in den Spiegel: trotz all der Jahre, die ich mit ihr lebte, ertrug ich meine riesige Nase immer noch nicht, denn sie war schuld daran, dass mich alle Cyrano nannten, und nicht etwa, weil ich so hieß oder weil ich schrieb.

Beim Urinieren, beim Entleeren der Blase, hatte ich – nicht zum ersten Mal – das angenehme Gefühl, am natürlichen Lebensfluss beteiligt zu sein. Weil Urinieren eine langweilige Beschäftigung ist, suchte ich immer nach etwas, worüber ich nachdenken konnte, wenn ich den Drang verspürte, die Blase zu entleeren. An dem Tag spülte ich, wie schon oft, noch bevor ich fertig war, und sah fasziniert zu, wie Wasser und Urin sich vermischten, ein schöpferischer Akt wie die Erschaffung der Welt oder das Romaneschreiben.

Beim höchsten Glücksgefühl, überwältigt von meinen Visionen, drangen, kurz bevor ich fertig war, Fetzen einer Unterhaltung vom Patio an mein Ohr. Instinktiv – fast schon eine Art Berufskrankheit – spitzte ich die Ohren. Eine ältere Frau klagte verzweifelt, ihr Wagen habe am Morgen den Geist aufgegeben; halb wütend, halb traurig machte sie das Geräusch des streikenden Motors nach. Das schien ihr zu helfen, denn anschließend sprach sie ruhiger, als habe sie eingesehen, dass sie doch nichts mehr ändern konnte. Die andere – ihre Mutter, wie ich bald herausfand –, sagte etwas, das ich nicht hören konnte – so scharf ist mein Gehör nicht –, jedenfalls schien es die Frau, die den streikenden Motor nachgemacht hatte, schrecklich zu ärgern, denn kaum hatte sie sich beruhigt, verlor sie schon wieder die Geduld:

«Red doch keinen Unsinn, Mutter. Du lebst im Heim und tust nichts lieber, als mir zu widersprechen.»

Es folgten die unhörbaren Worte der Mutter und dann erneut ein städtisch moderner Zornesausbruch:

«Schluss mit dem dummen Gerede, Mutter. Ich hab keine Zeit, mit dir zu streiten. Ich brauche den Wagen, hörst du? Ich brauche ihn. Alle haben ein Auto. Natürlich gibt es Busse und Bahnen, man kann auch zu Fuß gehen, aber ich brauche den Wagen. Ich muss heute noch dringend eine Leinwand transportieren. Ich brauche den Wagen nun mal.»

Erneut unhörbare Worte der Mutter.

«Mein Gott, bist du denn verrückt? Alle haben ein Auto.»

Ich beeilte mich, mein Geschäft zu erledigen; das Wort *Auto*, das ich noch im Ohr hatte, wollte ich auf keinen Fall mehr hören. Ich schloss das Fenster zum Innenhof, kämmte mich, warf einen letzten Blick auf meine verhasste Cyrano-Nase und ging zur Wohnungstür. Im Flur hörte ich den Anrufbeantworter ab und vernahm folgende knappe Mitteilung von Carmina:

«Keine Frau liebt dich so wie ich.»

Es folgten ein paar kurze, herzerwärmende Schluchzer.

Auf dem Weg hinaus blieb ich kurz am Fenster stehen und sah hinaus auf die Calle Durban. Plötzlich hatte ich unheimlich Lust, mein Fernglas zu nehmen und auszuspionieren, was sich gerade im Revier meines Romans tat. Ich folgte meiner spontanen Eingebung und holte es. Die Augen an die weichen, schwarzen Gummiringe gepresst, verfolgte ich ein paar Minuten lang alle Bewegungen auf der Straße. Mein Blick heftete sich auf die kalte, spitze Nase der bedauernswerten Señora Julia, die immer noch mit abwesendem Blick vor der Tür ihrer alten Bodega saß. Es war offensichtlich, dass ihr Mann gestorben war. Anschließend ließ ich den Blick nach oben schweifen und beobachtete eine Weile so aufmerksam einen Spatz, dass ich das Auge automatisch zukniff, als der Vogel seinen kleinen, spitzen Schnabel vorschob.

Ich führte meinen Vortrag spazieren.

Beim Portier holte ich meine Post ab – die zu meiner tagtäglichen Freude immer zahlreich war –, verstaute sie in der Anoraktasche und grüßte den hinkenden Portier, der meinen Gruß gelangweilt erwiderte.

«Guten Tag.»

Sobald ich auf die Straße hinaustrat, erfüllte mich wie so häufig ein wohltuendes Gefühl der Freiheit; mich von meinem Schreibtisch und dem abgestandenen Literaturmief zu befreien, war immer sehr erholsam.

Als ich die Calle Durban entlangschlenderte, sagte ich mir, abends sollte ich als Überleitung zu der Geschichte von meinem Großvater zuallererst betonen, dass der *Voyeur* Gottes bis zum Tag seiner Pensionierung, einer der vernünftigsten Menschen auf Erden war. Doch dann ereigneten sich während seiner Verabschiedung mehrere Pannen, und für einen kurzen Moment hörte er auf, der beherrschte und vernünftige Mann zu sein, der er sein Leben lang gewesen war.

Ausgerechnet an dem Tag, weder einen früher noch einen später, erlitt mein Großvater während des Mittagessens, das im Kreise seiner Familie und seiner treusten Kollegen und ihren Familien zur Feier des Tages stattfand – und zwar in eben dem Garten, wo ich jetzt all dies niederschreibe –, gegen Ende einen kurzen Anfall geistiger Verwirrung, den alle, zwar leicht besorgt, lieber dem reichlich geflossenen Wein zuschrieben sowie der verständlichen Freude meines Großvaters, nach langen Jahren an der Spitze der Brillenfirma Perelló der Arbeitswelt für immer Lebewohl zu sagen.

Obwohl der Vorfall durchaus alarmierend war, konnte oder wollte in dem Augenblick niemand ahnen, dass sich hier bereits der seltsame Gang durch einen engen, schwarzen Tunnel ankündigte, an dessen Ende ihm das – wie es mein Großvater schließlich sah – violette Licht eines weisen Todes leuchten sollte.

Ich wollte den Zuhörern erklären, dass ich die Geschichte dieses kleinen Zwischenfalls von meiner Mutter kannte, denn damals war ich erst drei Jahre alt.

«Die Feier», erzählte mir meine Mutter, «verlief sehr angenehm, und Großvater schien allerbester Laune und äußerst redselig. Nichts wies auf die Tragödie hin, als Großvater plötzlich ums Wort bat und allen dankte, die gekommen waren, mit ihm den lang ersehnten Glückstag seiner Pensionierung zu feiern. Er erzählte, wie er als unbedeutender Angestellter in der Firma angefangen, in kürzester Zeit das Vertrauen des Herrn Perelló gewonnen und sich dann bis zur Firmenleitung hochgearbeitet hatte, und wie es ihm gelungen war, sich dreißig Jahre lang an der Spitze zu halten, dreißig wunderbare Jahre.»

Nach seinen Worten gab es einhelligen Applaus. Alles schien bestens zu laufen. Sie saßen im Schatten des hundertjährigen Maulbeerbaums hier im Garten des Familiensitzes in Premià, der Frühling und das Meer leuchteten wie in besten Zeiten. Sich über die Krawatte streichend, in der eine muschelförmige Nadel steckte, dankte Großvater erneut allen, die gekommen waren, um mit ihm seine Pensionierung zu feiern, und sagte schließlich:

«Es ist das wichtigste Ereignis meines Lebens, euch alle um mich zu haben, und ich bedaure nicht mal, dass Señor Perelló fehlt. Ich bin sehr glücklich, euch alle heute hier zu haben, obwohl ich gestehen muss, dass euer Besuch mich nicht überrascht, das solltet ihr wissen, denn, ehrlich gesagt, er wurde mir rechtzeitig angekündigt, von einer Mandarine.»

Von einer Mandarine.

Die Worte hingen lose, ohne Zusammenhang, in der Luft. Niemand konnte so tun, als habe er sie überhört. Alle Tischgäste erstarrten, die Gabel in der Luft, und warfen sich ratlose Blicke zu.

«Von einer Mandarine angekündigt?»

Mein Großvater errötete. Er senkte den Kopf über seinen Teller, so dass die Erdbeeren seine Krawatte befleckten, und sekundenlang herrschte allgemeine

Sprachlosigkeit. Bis jemand zögernd und sicher ziemlich nervös anfing zu klatschen und schließlich alle Tischgäste seinem Beispiel folgten, woraufhin mein Großvater seine gute Laune wiederfand.

«Ihr macht mich alle so glücklich», sagte er, «dass es mir völlig egal ist, dass Señor Perelló nicht gekommen ist. Sein Fehlen überrascht mich im übrigen nicht, denn es wurde mir rechtzeitig mitgeteilt, von ... seinem Sekretär.»

Einen Moment lang dachten alle, er würde das mit der Mandarine wiederholen, so dass sie schließlich erleichtert aufatmeten und seine Worte wieder heftig beklatschten. Anschließend wurde normal weitergegessen und der Ausrutscher mit der Mandarine geriet praktisch in Vergessenheit.

In den darauf folgenden Tagen dachte in der Tat niemand mehr an den Vorfall, denn mein Großvater wirkte immer glücklich, überglücklich, dass er nicht mehr zu arbeiten brauchte. Vormittags legte er jede Menge Patiencen, pfiff nach dem Mittagessen Lieder aus seiner Jugendzeit, empfing nachmittags Besuch und las bis spätabends Bücher über Reisen in Länder, die er gerne gesehen hätte.

Doch innerlich verzehrte er sich vor Kummer. Eines Morgens traf meine Großmutter ihn zufällig in der Stadt und sah, wie er seltsam gebannt in das Schaufenster eines Optikergeschäfts starrte. Als sie ihn fragte, was er dort suche, sagte mein Großvater mit der größten Selbstverständlichkeit:

«Was denkst du wohl? Siehst du das denn nicht? Ich spioniere bei der Konkurrenz. Sie sind uns in allem voraus.»

Auf einmal wurde er zum Optikerspion. Seine Loyalität gegenüber der Firma, in der er immer gearbeitet hatte, war so gewaltig, dass er nicht mehr aufhören konnte, sich für sie einzusetzen. Er begann, die Büros der Brillenfirma Perelló abzuklappern und die Firma unaufgefordert über Geschäfte der Konkurrenz zu unterrichten.

Anfangs waren die Angestellten kaum überrascht, ihn wieder in der Firma zu sehen, sie fanden es fast normal.

«Na, wieder da?»

«Ja, wieder da», sagte mein Großvater lächelnd.

Problematisch wurde es, als sich seine Besuche in den Büroräumen der Firma Perelló im Laufe der Wochen häuften. Der neue Direktor, ein junger, wenig geduldiger Schnösel, begann zu fürchten, mein Großvater litte vielleicht an der Krankheit mancher Angestellter, die ihren Firmen treu verbunden blieben bis in den Tod. Gänzlich befremdet war man schließlich, als der junge Direktor versuchte, meinen Großvater loszuwerden, zunächst mit guten Worten, später, indem er sich rundheraus weigerte, ihn zu empfangen, und mein Großvater völlig anders reagierte als erwartet, denn statt niedergeschlagen oder gekränkt war er genau das Gegenteil. Er wirkte glücklich über das, was ihm widerfuhr. An dem Tag, als man ihm gar den Zutritt zum Bürogebäude der Firma verwehrte, sagte er mit wohl überlegten Worten zum Portier:

«Sagen Sie allen, dass mich nichts mehr erzürnen würde, als wenn man mich im Büro vermisste.»

Meine Mutter lachte immer, wenn sie mir von dem Tag erzählte, als man ihm den Zutritt zum Gebäude seiner alten Firma verwehrt hatte; es war der Tag, an dem er sich erstmals *wirklich* von der Arbeit befreit fühlte. Das eigentliche Datum seiner Pensionierung fiel für ihn auf den Tag, als man ihm in der Firma Perelló den Zutritt verwehrte, denn erst da spürte er, dass er endlich Herr über sein Leben und über sein Rentnerdasein war. Nie hatte er sich mit dem Datum seiner erzwungenen Pensionierung anfreunden können und sich gesagt, er wolle selbst über den geeigneten Zeitpunkt entscheiden. Und so geschah es. Bevor er nicht selbst bereit war, ging er einfach nicht in Rente; er wählte den Tag, an dem er sah, dass ihn in der Firma niemand mehr vermisste. Insgeheim verfolgte mein Großvater einen Plan, um in Ruhe und Frieden zu sterben, ohne dass jemand in der Familie Tränen vergoss, ohne dass man in der Firma ein großes Aufhebens darum machte. Doch da er diesen Plan geheim hielt, sorgten viele Dinge, die er tat oder sagte, bei denen, die er liebte, für Verwirrung oder gar für Verzweiflung. So an dem Tag, als er ganz unverhofft und völlig zusammenhanglos sagte:

«Wir gehen blind durchs Leben. Wir wissen nicht mal, wie Gott sich bewegt, oder wie zumindest die Sonne sich bewegt.»

Dieser Satz war wie eine Prophezeiung dessen, was sich kurze Zeit später ereignen sollte. Vielleicht wäre nichts geschehen, wenn Großvater und Großmutter nicht auf Reisen gegangen wären. Meine Mutter hatte sie ermuntert, eine Reise durch Spanien zu machen und ihnen eine Fahrt mit Aufenthalten in Zaragoza, Madrid, El Escorial und Sevilla organisiert. Freudig nahmen sie das Angebot an und bestiegen gegen Ende

Mai vor fünfundvierzig Jahren auf dem Bahnhof Francia den Zug. Die ganze Familie kam zum Abschied. Gut gelaunt ließ mein Großvater in der Absicht, ihnen allen ein wenig den Tag zu vergällen, kurz vor der Abfahrt des Zuges einen seiner merkwürdigen Sätze los:

«Ich bin so groß wie das, was ich sehe.»

«Was meinst du damit, Großvater?»

«Ich schau dich an, ohne zu wissen, ob ich sehe.»

In Zaragoza wirkte mein Großvater um zwanzig Jahre verjüngt und kaufte sich eine Sonnenbrille, die erste seines Lebens. Er strahlte wie ein Kind über neue Schuhe. Außerdem verband er angenehme Erinnerungen mit der Stadt, in der er meine Mutter gezeugt hatte.

Mit seiner nagelneuen Sonnenbrille traf mein Großvater in Madrid ein. Er fühlte sich, wie er sagte, geblendet von so viel Pracht. Die Stadt begeisterte ihn mit einer Menge bemerkenswerter Neuerungen, die er zu entdecken meinte, nachdem er sie seit fast einem halben Jahrhundert nicht mehr besucht hatte. Außerdem begann er bedenklicherweise eine gewisse Passion für die Schaufensterauslagen der Optikerläden zu entwickeln, was meine Großmutter einigermaßen beunruhigte, bis sie schließlich den Ausflug zum Escorial vorverlegte, zweifelsohne in der Hoffnung, dort würde er auf andere Gedanken kommen, was tatsächlich geschah.

Doch dann ereignete sich etwas sehr Merkwürdiges. Plötzlich war mein Großvater total fasziniert von dieser kleinen grabähnlichen Kammer, in der Philipp II. durch ein winziges Loch in der Größe eines menschlichen Auges, ein Loch in der Wand zur kleinen königlichen Kapelle, der Messe beiwohnte und ganz allein von seiner grabähnlichen Klause aus das Zeremoniell der Eucharistie verfolgt hatte; und da mein Großvater ihm in nichts nachstehen wollte, beschloss er, bei sich daheim in seinem Sommerhaus – dem in Premià, wo ich heute schreibe – es ihm gleichzutun, mit anderen Worten, er beschloss, ebenfalls von einer Geheimkammer aus die Eucharistie zu verfolgen.

Trotz der Absonderlichkeit dieser Idee fand meine Großmutter alles noch besser als zu riskieren, dass er wieder der Faszination der Optikerschaufenster erlag. Sie strichen also die Reise nach Sevilla und machten sich überstürzt auf den Heimweg nach Barcelona, wo sie sich nicht aufhielten, sondern gleich nach Premià weiterfuhren. Mein Großvater hatte es eilig, seinen Plan in die Tat umzusetzen. Meine Großmutter unterstützte ihn bei allem. Immer noch besser, so fand sie, als das Schlimmste zu riskieren. Doch das Heilmittel ist oft schädlicher als die Krankheit, wie es so schön heißt. Sie richteten das Kämmerchen her, schufen dabei unbeabsichtigt eine unheimlichere Atmosphäre als in einem Grab, bohrten ein Loch in der Größe eines menschlichen Auges in die Wand, damit mein Großvater nach Lust und Laune Gottes Treiben in der benachbarten Kapelle verfolgen konnte, fernab vom irdischen Familienrummel. Alle dachten, er würde ihnen nicht mehr zur Last fallen, jetzt wo er sich mit seinem neuen, zwar einigermaßen ausgefallenen, doch völlig harmlosen Hobby die Zeit vertreiben konnte.

Aber es ereignete sich unerwartet wieder ein Zwischenfall, als der Großvater, noch zu Beginn des Sommers, glaubte herausgefunden zu haben, dass an den Sonntagen mit ungeradem Datum ein lila Kreis um den Hostienkelch erschien, dann völlig unvermittelt über dem Altar zerplatzte und nie gesehene Farben freisetzte, die sich in immer neuen Lichtwellen entfalteten und schließlich wie die Farben eines unheilvollen Morgengrauens am silbernen Fuß des Kelchs erstarben.

Das Heilmittel war schrecklicher als die Krankheit. Das Schlimme war weniger, dass er all das an jedem ungeraden Sonntag beobachtete, sondern dass er montags, dienstags, mittwochs und an allen übrigen Wochentagen, die auf eine Messe folgten, bei der er das Zerbersten des lila Kreises beobachtete, besonders hartnäckig immer wieder bis in alle Einzelheiten von diesem seltsamen Phänomen berichtete.

Gegen Ende des Sommers war meine Familie fix und fertig und konnte es kaum mehr erwarten, dass endlich der letzte ungerade Sonntag der Saison kommen und der Alptraum ein Ende nehmen würde, dann nämlich, wenn sie alle nach Barcelona zurückkehrten. Der letzte Sonntag mit ungeradem Datum jenes Sommers war auch der letzte Tag im Leben meines Großvaters, des Spions der Optikerläden, des *Voyeurs* Gottes. Kurz nach dem frugalen Frühstück, das an jenem Sonntag nach der Messe eingenommen wurde, wiederholte mein Großvater mit einer Penetranz, die schon nicht mehr normal, ja geradezu erschreckend war, er habe das Areal betreten, das den von der göttlichen Vorsehung Auserwählten vorbehalten sei, und angesichts der Tatsache, dass nur wenige Gottes Tanzschritte aus nächster Nähe erkundet hätten so wie er, habe er sich verpflichtet gesehen, allen kundzutun, dass das Arschloch der Heiligen Dreifaltigkeit ihn zutiefst enttäuscht habe, da es keineswegs so unauffällig und unanstößig sei, wie er immer gedacht habe.

Meine Mutter, die mir all das erzählt hat, sagte immer, auch wenn es den gegenteiligen Eindruck machte, habe im Verhalten meines Großvaters in jenen letzten Tagen seines Lebens kein Anzeichen von Wahnsinn gelegen, sondern eher von einer merkwürdigen, sehr sonderbaren Weisheit. Ihrem Eindruck nach war es so, als habe er plötzlich bei seiner heimlichen Beobachtung der Abendmahlsfeier nicht etwa die Wandlungen Gottes entdeckt, sondern einfach das Geheimnis eines guten Todes.

Dieser gute Tod bestand für ihn darin, in seinen letzten Lebensmonaten den anderen, seinen Liebsten, auf die Nerven zu gehen. Das heißt, sich von einem Tag zum anderen in einen wahren Teufel zu verwandeln, in einen ungenießbaren Kerl, und so den Menschen diesen seinen Tod erträglicher zu machen.

Der Tod ereilte den Großvater am Morgen des letzten ungeraden Sonntags im Sommer, als er sich allein in seinem Schlafzimmer für seinen üblichen Sonntagsspaziergang durch das Örtchen Premià fertig machte.

Vielleicht ahnte er an diesem letzten Sonntag seines Lebens, dass die Stunde seines Todes nahte, oder geriet vor lauter Erstaunen aus dem Gleichgewicht, als er auf einmal ganz deutlich die Bewegung der Erde – nicht die Bewegung Gottes – spürte, jedenfalls hinterließ er, als er sich an jenem letzten Sonntag seines Lebens für seinen Spaziergang durchs Dorf ankleidete, noch bevor er das Gleichgewicht auf der Erde und sein Bewusstsein verlor, aus welchem Grund auch immer einen merkwürdigen, ziemlich grausamen Abschiedsbrief an seine Frau und seine Kinder, der im Grunde genommen nur bewirken sollte, dass alle erleichtert aufatmeten und ihn nach seinem Ableben keinen Moment vermissten.

Der Brief lautete folgendermaßen: «Was Schwarzbart und Señor Perelló betrifft, so hat sie niemand je wiedergesehen. Beide gingen heimlich am frühen Morgen mit ihrem gesamten Handgepäck fort und mit bösen Worten für die Dummköpfe, die ihr Geld zu erben hofften. Sie schieden mit lobenden Worten für die einfachen, unscheinbaren Menschen, für die im Leben Benachteiligten. Sie gingen, weil sie nicht länger dem Sog des lila Kreises erliegen wollten.»

Sein Verschwinden bedeutete die reinste Erholung für die Familienmitglieder, die sogar ihre gute Laune wiederfanden, und als sie eines Abends im Sommer, der auf den Tod meines Großvaters folgte, alle im Schatten des hundertjährigen Maulbeerbaums saßen, unter dem ich jetzt schreibe, befiel sie plötzlich ein leises Lachen, das ansteckend wirkte, und als eine Art später Rache erleichterten sie sich, indem sie den Großvater mit diesem Spitznamen tauften – Schwarzbart –, der sich bis heute gehalten hat. Anscheinend haben sie auch seine heimlichen Beobachtungen der Wandlung parodiert, und ein Cousin hat sich als mein Großvater verkleidet und unter lautem Gelächter seine Gestik und seine Stimme perfekt nachgeahmt.

Bei dieser improvisierten Karnevalsvorstellung haben die anderen Schwarzbart Fragen gestellt.

«Also von einer Mandarine angekündigt?»

«Ich bin so groß wie das, was ich sehe», erwiderte mein Cousin.

«Was meinst du damit, Großvater?»

«Ich schau dich an, ohne zu wissen, ob ich sehe.»

(Erneut schallendes Gelächter.)

Nach der Begrüßung des wortkargen, hinkenden Hausmeisters war die erste Person, der ich gewöhnlich begegnete, wenn ich auf die Calle Durban hinaustrat, ebenfalls ein Hinkender. Ein Lotterieverkäufer, der mich immer vergeblich belästigt hatte.

Ich habe nie erwogen, ihn in meine Trilogie aufzunehmen, weil ich ihn irgendwie nicht ausstehen konnte. Doch seit dieser Mann vor zwei Monaten plötzlich verschwunden war, fehlte er mir, wie es einem manchmal so im Leben geht. Von einem auf den anderen Tag war er verschwunden, und ich hatte zu Anfang noch gedacht, er sei krank, bis ich irgendwann auf die Idee kam – was mir der hinkende Hausmeister mit einem seltsam schiefen Grinsen bestätigte –, dass der aufdringliche Lotterieverkäufer schlicht und einfach gestorben war.

Ich lachte nicht, denn noch nie hat mich der Tod von irgendjemandem erheitert. Ich habe es nie gemocht, wenn einer verschwand. Außerdem erfüllte mich immer ein Gefühl der Traurigkeit, wenn eines der Gesichter, die ich in der Calle Durban zu sehen gewöhnt war, auf einmal nicht mehr da war. Der häufige Anblick all dieser Gesichter, von denen ich viele in mein realistisches Triptychon aufgenommen hatte, führte dazu, dass sie allmählich Bestandteil meiner ganz privaten Geographie waren. Ich behielt sie allesamt im Auge, als wären sie etwas sehr Persönliches. Daher beschlich mich ein tiefes Unbehagen, wenn sich jemand von den Seiten aus dem Buch meines Lebens davonstahl, denn ich hatte sie bei so vielen Gelegenheiten belauert und ihr Leben ausspioniert, indem ich sie geschickt aushorchte, wohl wissend, dass sie nicht lasen und daher nie herausbekommen würden, dass sie Figuren eines sozialkritischen Triptychons abgaben, und mir auch nie auf die Schliche kommen konnten, da ich die Calle Durban Manacés nannte und das Viertel von Barcelona bei mir nicht Gràcia hieß, sondern Caeiro –, und ich war zu der Überzeugung gelangt, dass all diese Gesichter der armen Leute etwas von meinem Gesicht besaßen. Deshalb machte es mich immer wieder traurig, wenn eines dieser Gesichter verschwand, wahrscheinlich weil ich im Grunde genommen einzig und allein an mich dachte, daran, dass auch ich eines Tages aufhören würde, diese Straße entlangzugehen, und andere sich vage an mein Gesicht erinnern und sich fragen würden, was wohl aus mir geworden sei. Ja, das war die wahre Zukunft, die mich als Romancier mit gewissen Erfolgsaussichten erwartete: eines Tages nichts weiter zu sein als ein Passant weniger auf der Calle Durban.

Ich begann die Calle Durban abwärts zu schlendern. Obwohl ich sah, dass es regnen würde, wollte ich nicht umkehren, um mir einen Schirm zu holen. Ich grübelte weiter darüber nach, wie viel es mir ausmachte, wenn Leute verschwanden. Aber die Sache mit Rosita, die mir in ihrem Brief androhte, sich unsichtbar zu machen, fand ich mehr als unerträglich.

So wie mir plötzlich Gottes Abwesenheit oder, besser gesagt, sein Verschwinden unerträglich erschienen war. Früher war er überall gewesen, doch in unserem Jahrhundert hatte er sich verflüchtigt, hatte sich in Luft aufgelöst. Dann dachte ich auf einmal: Mein Gott, ich frage mich, wer uns sieht.

Und dann sagte ich mir: Auf meine Art habe ich versucht, mich so zu verhalten, als sei ich der Gott der alten Christen. Auf meine Art habe ich versucht, überall zu sein und alles zu beobachten, die ganze Welt zu bespitzeln. Eine merkwürdige Lebensweise.

Ich wurde zum Spion meiner selbst.

An jenem Tag lief ich die Calle Durban hinab, niedergeschlagen und beschwingt zugleich, und lachte auf eine überaus ernste Art vor mich hin, als ich plötzlich auf die dumme Idee kam, mich umzuwenden und zum Fenster meines Arbeitszimmers hochzuschauen, und das unmittelbare Ergebnis jener unverhofften und völlig überflüssigen Neugier, wie es um mein Arbeitszimmer stand, wenn ich fort war, quälte mich so, dass ich mich selbst aufmuntern und mir sagen musste, dass es nun so tragisch auch wieder nicht sei, dass das Licht in meinem Büro zwar trüb und blass wirkte, wenn ich nicht dort war, dass andere Dinge diesen traurigen Anblick jedoch wettmachten: andere Dinge wie etwa, dass ich an dem Tag die Calle Durban entlangschlenderte, wohl wissend, dass ich abends bei einem Vortrag mein Leben riskieren würde.

Spielen und Spionieren und natürlich Schreiben hatten schon seit jeher vieles gemeinsam und gehörten zum Spannendsten, was es im Leben überhaupt gibt. Daran dachte ich, als ich an jenem Tag die Calle Durban entlanglief, und da wurde mir klar, dass ich um nichts in der Welt bereit war, abends für Rosita mein Leben aufs Spiel zu setzen.

Ich liebte sie ja nicht, sondern begehrte sie nur. Rositas größter Wunsch war, mit mir durchzubrennen, ich hingegen wollte sie nur vögeln wie früher und ansonsten bei meiner Frau bleiben, bei Carmina, ganz konventionell in geregelten Verhältnissen, die ich zum Schreiben brauchte. Die Liebe, die Carmina mir schenkte, war die Basis für mein inneres Gleichgewicht. Ich wusste, dass ich ohne diese Sicherheit nie etwas zustande bringen würde, mein realistisches Triptychon über die im Leben Benachteiligten, die Erniedrigten und Geknechteten der Calle Durban würde mir niemals gelingen.

Es donnerte. Bald würde es anfangen zu regnen. Wie von dem Donnerschlag ausgelöst, entsann ich mich schlagartig wieder, dass ich den Vortrag ja halten wollte, gerade weil ich gar nicht daran dachte, mein Leben für Rosita zu gefährden, und dass ich zynisch genug war, den Vortrag minutiös so zu planen, als sei er lebenswichtig, wobei ich erreichen wollte, Rosita wie Scheherezade mit Worten und deren Nachhall einzuwickeln und dabei mein schlechtes Gewissen zu beruhigen, da ich mich nun mal für meine Ehe mit Carmina entschieden hatte, für dieses Leben, in dem ich glücklicherweise nur wenig riskierte, dieses nicht zu verachtende Leben, zu dem Fernsehen und Pantoffeln gehörten, das Leben mit der geliebten Ehefrau und dem schrecklichen Sohn mit dem nichtssagenden Blick und dem seltsam altklugen Geschwätz.

Ein Feigling. Ein erbärmlicher Feigling, das war ich. Ein schlimmerer Jammerlappen als mein Vater. Denn was ich mir an dem Tag insgeheim am meisten wünschte, war, mich mit Rosita, meiner sexuellen Obsession, aus dem Staub zu machen und den ganzen Unsinn mit dem inneren Gleichgewicht, den geregelten Verhältnissen und dem ganzen Kleinkram zu vergessen. All das schoss mir an dem Tag durch den Kopf, als ich auf meinem Weg durch die Calle Durban als Spion meiner selbst in mich ging, erneut von Zweifeln geplagt, wo ich mich doch schon längst für ein Leben mit Carmina entschieden hatte und Rosita schweren Herzens und mit Scheherezades Hilfe Lebewohl sagen wollte.

Wie angewurzelt blieb ich vor Señora Julias Bodega stehen. Als könnte ich meine Gedanken besser ordnen, wenn ich stehen blieb, als würde es mir helfen, eine endgültige Wahl zu treffen. Das musste möglichst bald geschehen, denn was nützte es, mich den ganzen Tag mit Zweifeln zu plagen und mir einen Vortrag zu überlegen, wenn ich dann doch kurz vor der Abendveranstaltung mit Rosita durchbrannte.

Jetzt auf einmal merkte ich, dass ich am liebsten die Arbeit am Vortrag hinschmeißen und auf der Stelle mit Rosita in die Südsee reisen würde; das Gefühl, kein Feigling wie mein Vater zu sein, kein armer Teufel ohne «mythische Struktur», kein klassischer Antiheld unserer Zeit, würde mich ungeheuer erleichtern.

Aber ich überlegte sehr genau und kam zu dem

Schluss, dass zuerst, vor allem anderen, die Zuneigung komme, die abgeklärte Liebe, die ich für Carmina empfand, zumal die mir gleich am Tag, als wir uns kennen lernten, ewige Liebe geschworen hatte, das Wunderbarste, was es für einen Mann geben konnte, Liebe bis zum Tod. «Ich bin eine Frau fürs Leben», hatte Carmina damals gesagt. Was wollte ich mehr? Eingedenk dieses unvergessenen Ausspruchs beschloss ich, mich wieder an meinen Vortrag zu begeben. Das sagte ich mir, als ich wie versteinert vor Señora Julias alter Bodega stand, und sie saß immer noch auf der Straße und blickte verzweifelt ins Leere.

Vor und über allem stand die ewige Liebe; einen Moment lang war ich beruhigt, weil ich endlich meine Wahl getroffen hatte; doch das änderte nichts daran, dass ich mir im nächsten Augenblick wie eine lächerliche Eidechse vorkam, und das ohne den Schutz der Sonne, denn vom bedeckten Himmel fielen die ersten Regentropfen. Plötzlich sah ich mich nur noch als armer Unglücksrabe, als Feigling, als Mann ohne Regenschirm, als trauriger moderner Held und erbärmlicher *Voyeur*, der gerade mitten auf der Calle Durban wie zu Stein erstarrt war, auf der Straße der Entrechteten, derer mit den vergrämten Gesichtern im Stadtteil Gràcia, der Figuren meiner Trilogie. Und ich fühlte mich als einer der Passanten, die eines Tages einer weniger sein würden, als ein weiterer der vielen Bürger der Stadt – überdies mit auffällig vergrämter Miene aufgrund meiner Nase –, einer der Spione ihrer selbst, die sich tagaus, tagein in der Alltäglichkeit einer düsteren Straße einer beliebigen regnerischen Stadt verloren.

Der Nieselregen breitete sich in monotonem Crescendo über die enge, düstere Straße aus, und als ich die seltsame Stimmung genau zu ergründen suchte, in die mich diese matt schimmernden, faserigen Wasserfäden vor schmutzigen Häuserwänden und verschlossenen Fenstern versetzten, erkannte ich bald, dass es die ganze Bitterkeit war, mit der mein Leben an dem Tag auf dem Prüfstein stand.

Dann beendete ich meine Selbstbespitzelung.

Ich fragte Señora Julia nach ihrem Mann.

Der nun dichter fallende Regen schwebte wie bewegliches Filigran in der trüben Luft jenes Tages.

Señora Julia guckte unverändert mit verwirrtem Blick vage in die Ferne. Fast schien es, als würde sie mir nicht antworten, als sie unerwartet mit völlig monotoner Stimme sagte:

«Er ist letzte Woche gestorben.»

Wieder erstarrte ich, halb erfroren im eisigen Wind und Regen jenes Tages. Die Kälte beherrschte selbst mein Denken. Da der Regen augenblicklich stärker wurde, beschloss ich, mich schleunigst zu entfernen. Ich ließ Señora Julia dort sitzen, unerschütterlich auf ihrem Stuhl vor der Tür, trotz des strömenden Regens. Ich lief weiter die Calle Durban hinunter, um die Personentruppe meiner literarischen Welt wie eine militärische Formation abzuschreiten. Ich war stolz, in meinem erzählerischen Werk von Anfang an auf jegliche Fiktion verzichtet zu haben, die sich Romanciers auf ihren Schreibtischstühlen gewöhnlich ausdenken. Die Straße war mein Element. Bei meiner Arbeit hatte ich von Beginn an einen anderen Weg beschritten. Erfinden tat ich für mein Leben gern, aber dafür waren die Zeitungsartikel oder Unterhaltungen mit Freunden da. Das reichte mir, bei beidem konnte ich mich reichlich ausleben. Mit Romanen lief es anders. Dort hielt ich mich lieber an die Realität. Ich ließ alles Literarische hinter mir und interessierte mich für Dinge wie etwa das Leben einer Kassiererin im Supermarkt.

Auf meinem Streifzug durch die Calle Durban zur Besichtigung meiner Romanfiguren fehlte an dem Tag kaum eine, fast alle waren da, so wie es mir gefiel: der Elektriker mit seinem autistischen Sohn, die blonde Señora vom Lebensmittelgeschäft, die arme Kassiererin vom Supermarkt, der Fleischer und seine tuberkulosekranke Frau, die Zwillinge vom Kolonialwarengeschäft, die Hausmeisterin, die sich für die Teresa aus einem von Juan Marsés Romanen hielt, der ewig betrunkene Zwerg, der Botengänge für den Geflügelhändler erledigte, der traurige Angestellte vom Zeitungskiosk, der gemütliche Lampenverkäufer, die Witwe des Kurzwarenhändlers, der Barbier, die Verlobte vom Sohn der Obstladenbesitzer, der Kellner von der Bar Martí.

Ich betrat die Bar, um vor dem Regen zu flüchten. Dort bestellte ich einen russischen Salat und zog die Post aus der Tasche meines Anoraks. Aus dem dicken Stapel musste ich nur noch eine Postkarte lesen, die mir mein Bruder Máximo von der venezolanischen Insel Santa Margarita schickte, und einen Brief in einem kleinen grauen Umschlag, der mir schon seit Jahren bestens vertraut war. Es waren anonyme Briefe, die mich ab und zu, sehr sporadisch, je nach Lust und Laune des Absenders, erreichten. Der sie schickte, richtete sich an mich, als sei ich ein alter Schulkamerad, und teilte mir in jedem seiner Briefe Dinge mit, die entweder mit seiner Arbeit oder seiner Familie zu tun hatten. Vor etwa fünf Jahren hatte er damit angefangen, mir diese Briefe zu schicken, wobei sein erster vielleicht am unheimlichsten war: «Ich stamme aus dem gleichen Viertel und habe mit dir die Schule besucht. Manchmal begegnen wir uns auf der Calle Durban, doch du nimmst mich nicht wahr, man sieht, dass du mich vergessen hast. Aber ich spioniere dir nach und glaube, viel von deinem Leben zu wissen. Es wird Zeit, dass du etwas von meinem erfährst.»

Es folgten noch zahllose Briefe, immer grau, im Schnitt fünf oder sechs pro Jahr. Insgesamt etwa dreißig, eine erdrückende Menge, abgesehen von dem dummen Gefühl zu wissen, dass man mich ausspionierte, ohne dass ich die geringste Ahnung hatte, wer dieser Mensch war, der mir da heimlich hinterherschnüffelte.

In den ersten Monaten, als ich diese Briefe erhielt, wäre ich fast durchgedreht, denn ich verdächtigte alle und jeden und wenn ich die Calle Durban entlanglief, warf ich mehr als einem Passanten, den ich für meinen anonymen Briefschreiber hielt, drohende Blicke zu. Allmählich gewöhnte ich mich aber an dieses Ärgernis. Manchmal machte ich mir nicht mal die Mühe, den grauen Umschlag zu öffnen, sondern warf ihn gleich in den Papierkorb.

Den letzten Brief öffnete ich, als ich den Salat aufgegessen hatte. Ich merkte zwar, dass der Kellner mich mit auffälliger Neugier anstarrte, doch ich wäre nicht im Traum auf die Idee gekommen, er könnte der anonyme Schreiber sein, da ich ihn zu gut kannte und wusste, dass er fast Analphabet und genug mit seinem persönlichen Drama beschäftigt war, das ich im Übrigen gebührend in meiner realistischen Trilogie abgehandelt hatte. Dieser Kellner war vom Pech verfolgt, denn seine Frau, die in der Garderobe der Diskothek unseres Viertels arbeitete, hatte ihn auf miese Art mit dem Portier des Lokals betrogen. All das hatte mir der arme Kellner eines Tages unter Tränen anvertraut. Das Erstaunliche war, dass er ihr verziehen hatte.

«Als Christ», hatte er mir immer noch unter Tränen gesagt, «werde ich ihr an dem Tag, an dem dieser Zuhälter sie verlässt, die Hand reichen.»

Das Drama eines braven Kellners. So hatte ich das Kapitel überschrieben, das seinen Tränen, den Tränen eines Gehörnten, gewidmet war.

«Was gibt es da zu gucken?», fragte ich ihn, als ich merkte, dass er mich dabei beobachtete, wie ich begann, den Brief im grauen Umschlag zu lesen. Mit einer Entschuldigung entfernte er sich. Ich setzte mir die Brille auf die riesige Nase und las folgendes: «Ich habe geheiratet, damit sie mir nicht durch die Lappen ging, und nun habe ich sie den ganzen Tag lang am Hals. Und das Geld, für das ich mein Leben mit Arbeit vergeude, nimmt sie als Haushaltsgeld, um die Kleidung für den Bengel, für die Geschirrspülmaschine und die Elektroöfen zu bezahlen. Ich bin am Ende. Ich werde sie aus dem Weg schaffen.»

Zum ersten Mal musste ich beim Öffnen eines dieser grauen Umschläge schmunzeln. Es war nicht zu leugnen, dass sich mein anonymer Briefschreiber mit seiner letzten Nachricht geradezu selbst übertraf. Hinzu kam, dass, was er schrieb, ebenso gut ich über Carmen und meinen bedauernswerten Sohn hätte schreiben können.

Als ich merkte, dass der gehörnte Kellner mich erneut, diesmal von weitem, beobachtete, winkte ich ihn energisch an meinen Tisch und bestellte, als er vor mir stand, leicht ungehalten noch einen Tomatensaft und eine Tapa mit Calamares. Er wollte gerade meine Bestellung an der Theke aufsagen, als ich ihm zurief:

«In letzter Zeit erhalte ich Briefe, die von mir selbst stammen könnten.»

Wortlos betrat ich den Frisiersalon.

Als der Regen aufhörte, hatte ich die Bar verlassen, mir die Tageszeitungen gekauft und war wie gewohnt in den Frisiersalon gegangen, mit dem angenehmen Gefühl, mit dem man völlig unbeschwert und ohne Hemmungen bekannte Orte aufsucht. In jenen Tagen war meine Scheu gegenüber allem Neuen geradezu beängstigend. Ruhig fühlte ich mich nur an Orten, die ich bereits kannte. Der Frisiersalon war mir inzwischen schon vertraut. Seit vier Tagen ging ich dort hin, um mich rasieren zu lassen, insgeheim mit der Absicht, nach und nach alles über das Leben herauszufinden, das ich mir schrecklich tragisch vorstellte, da er Frau und Sohn durch einen Autounfall verloren hatte.

Doch der Barbier war ein Mann, der sich sehr reserviert gab, was es mir reichlich erschwerte, ihm vertrauliche Enthüllungen über sein Leben aus der Nase zu ziehen. Obwohl ich bereits seit vier Tagen seinen Salon aufsuchte, wusste ich kaum mehr über den Mann als am Anfang. Und das, wo ich ihm alle möglichen Fallen gestellt hatte, um ihn zum Reden zu bringen, um zu erreichen, dass er sich einmal über die Tragödie aussprach, die der Verlust seiner Frau und seines Sohnes für ihn bedeutete, oder dass er mir erklärte, wie er es nach dem ganzen Unglück schaffte, weiterzuleben. Doch nichts, es gab keine menschenmögliche Methode, ihm etwas Vertrauliches zu entlocken.

Es war mein fünfter Friseurbesuch in den letzten fünf Tagen, und immer noch war ich kaum weitergekommen; ich hatte zwar noch nicht völlig aufgegeben, war aber nahe daran. Bei diesem fünften Besuch ließ sich die Angelegenheit am Anfang der Rasur, als er mit dem Ritual des Einseifens begann, nicht nur nicht besser an als an den Tagen zuvor, sondern es schien sogar schlechter zu laufen.

«Hoffen wir, dass es nicht wieder anfängt zu regnen», sagte ich in der Absicht, mit einem mehr oder weniger belanglosen Satz zu beginnen, um die Unterhaltung dann ganz allmählich auf ein Terrain zu lenken, das mich mehr interessierte.

Doch er gab er mir nicht einmal eine Antwort. Teilnahmslos seifte er mich weiter ein. Es war gerade so, als wüsste er, worauf ich hinauswollte, und wäre nicht bereit, auch nur den ersten Stein in einer scheinbar harmlosen Unterhaltung zu setzen, die ihm aber in Wirklichkeit vertrauliche Informationen entlocken sollte. Angesichts seiner so absoluten Unzugänglichkeit beschloss ich am Ende, die tragische Geschichte von Vicente Guedes zu streichen. Zum Teufel mit dem

Barbier. Ich sagte mir, es gebe genug elende Figuren und Gestalten im Viertel, und dieser Mann hatte meine Geduld jetzt erschöpft.

Doch als der junge Angestellte einen frisch rasierten Kunden an der Tür verabschiedete und ich es am wenigsten erwartete, raunte mir der Barbier plötzlich ins Ohr:

«Wissen Sie, ich mag sehr, wenn es regnet. Ich mag es, wenn es draußen gießt und ich hier geruhsam in meinem Frisiersalon vor mich hin arbeite.»

Ich war einigermaßen überrascht. Das war das Letzte, was ich erwartet hätte, dass er mir unverhofft ein mehr oder weniger persönliches Geständnis machen, auf einmal Vertrauen zu mir fassen oder zumindest ein wenig auftauen würde.

Am meisten wunderte mich allerdings, dass seine flüchtige Vertraulichkeit zu bestätigen schien, was ich vor kurzem Carmina gegenüber vermutet hatte: dass er den Frisiersalon mit seiner verschwundenen Frau und dem Sohn identifizierte. Zugegeben, so hatte er es nicht direkt ausgedrückt, aber immerhin hatte er mir soeben gesagt, statt der Familie bleibe ihm nur noch der Frisiersalon. Zumindest hatte ich das Gefühl, hinter seinen Worten könnte sich das Bekenntnis verbergen, dass er sich bei der Arbeit wohl fühle. Erst wollte ich ihm sagen, sich in die Arbeit zu flüchten, sei immer eine gute Möglichkeit, seinen Kummer zu vergessen. Dann fand ich aber, so würde ich zu rasch zum Kern der Sache kommen, und er könnte sich wieder verschließen, wenn er merkte, dass ich genau wie an den Tagen zuvor zu sehr auf Themen wie Unglück und Tragödien herumritt. Deshalb ließ ich lieber wieder eine nichtssagende, banale Bemerkung fallen, während es erneut zu regnen begann:

«Tatsächlich ist es hier in Ihrem Frisiersalon sehr behaglich», sagte ich.

«Sie wissen doch gar nicht, warum ich mich hier wohl fühle.»

«Doch, ich glaube es zu wissen. Weil Sie arbeiten. Sie lieben die Arbeit.»

«Da irren Sie sich aber gewaltig. Sehen Sie? Sie haben keine Ahnung, warum ich mich jetzt hier so wohl fühle, während es draußen regnet. Ich liebe es, drinnen zu sein, weil ich mich schön im Trockenen befinde, während eine ganze Reihe von Arschlöchern draußen auf der Straße nass wird. Und noch schöner wäre es, wenn man mir jetzt sagte, dass mehr als eines von ihnen vom Blitz getroffen ist.»

Auf mich wirkte er wie ein ungeheurer Griesgram, vielleicht infolge des Todes seiner liebsten Angehörigen. Jedenfalls schien klar zu sein, dass Guedes ein Menschenhasser war.

«Ich wünsche niemandem etwas Schlechtes», sagte ich.

«Ich dagegen genieße es, mir vorzustellen, dass es vielen der unzähligen Widerlinge, die in dieser Stadt leben, schlecht ergeht. Sind Sie jetzt schockiert, mein Freund?»

Ich antwortete nicht, doch tatsächlich war ich einigermaßen geschockt. Das hatte ich von ihm nicht erwartet.

«Wie läuft es mit Ihren Büchern?», fragte er mich unvermittelt.

Ich war ziemlich geplättet, denn mit solch einer

Frage hatte ich weiß Gott nicht gerechnet; ich wusste gar nicht, dass ihm bekannt war, dass ich schrieb.

«Gut, es läuft gut», sagte ich leicht gereizt.

«Und worüber schreiben Sie augenblicklich?»

Ich sagte mir, als Letztes würde ich ihm jetzt erklären, dass ich an einem Kapitel saß, wo es um sein unglückliches Leben ging; ein Kapitel, das mich infolge seiner mangelnden Kooperation von Tag zu Tag mehr zur Verzweiflung trieb.

«Ich sitze gerade an einem Roman über das Leben eines Mannes, der sich damit beschäftigt, alle Welt auszuspionieren», sagte ich.

Er verstummte für eine Weile, als gebe ihm das, was ich soeben gesagt hatte, zu denken.

«Alle Welt?», fragte er schließlich, als er mit dem Einseifen fertig war.

«Ja. Zum Beispiel seine Eltern, auch die Künstler und die russischen Spione aus dem Kalten Krieg und die Nachbarn und die Optikerläden und die Abendmahlsfeier und sogar die Barbiere, die ihnen über den Weg laufen, ich sagte ja, er spioniert alle aus.»

«Auch die Barbiere?»

Ich merkte, dass ich mir diese überflüssige Erwähnung der Barbierzunft besser erspart hätte, doch jetzt war es nicht mehr zu ändern.

«Na ja», sagte ich, «wenn jemand alle Welt ausspioniert, dann sehe ich keinen Grund, warum er nicht auch die Barbiere im Visier haben sollte, oder?»

Wieder trat eine lange Pause ein, in der er über meine Worte nachzudenken schien. Mir wurde leicht kribbelig, als ich merkte, dass ihm die Hand zitterte, als er begann, mir die linke Wange zu rasieren; ich konnte nicht vergessen, dass er mir eben noch seinen leidenschaftlichen Hang zur Gehässigkeit gestanden hatte. Doch dann entdeckte ich, was ihn so nervös machte, und beruhigte mich wieder. Es gab keine weiteren Kunden mehr im Salon, nur der junge Angestellte stand untätig herum und belauschte unser Gespräch; er hatte wohl unverwandt zu uns herübergestarrt, denn auf einmal hörte ich Guedes sagen:

«Warum glotzt du uns so an? Hast du denn nichts Besseres zu tun, als uns nachzuspionieren, geh lieber und hol mir einen Kaffee bei Casa Muñoz. Oder willst du dir eine einfangen und deinen Job verlieren? Ich kann es nicht leiden, fotografiert zu werden, hast du verstanden? Ich halte es wie diese Neger aus Afrika, die denken, wenn man sie fotografiert, stiehlt man ihnen ihre Seele.»

Ich hörte die hastigen Schritte des jungen Angestellten, als er auf die Calle Durban hinauslief, um den Kaffee zu holen.

«Nimm den Regenschirm mit, du Trottel!», rief Guedes ihm nach, und ich konnte hören, wie der Angestellte auf dem Absatz kehrtmachte, sich den Regenschirm schnappte und wieder hinauslief.

Unverhofft bewies der Barbier einen gewissen Sinn für Humor, als er sagte:

«Die Lieblingsbeschäftigung dieses Burschen ist Däumchendrehen, und außerdem habe ich den Eindruck, dass er sich einen Spaß daraus macht, meine Unterhaltungen zu belauschen. Sie hatten Recht, als Sie sagten, dass es auch bei uns Barbieren was zu spionieren gibt.»

Nur damit keine Pause mehr entstand und nicht

alles wieder stockte, was offensichtlich in Gang gekommen war, und in der Hoffnung, einen geeigneten Ansatz zu finden, um ihm irgendeine tragische Episode aus seinem Leben zu entlocken, beschloss ich, sein Spielchen mitzumachen.

«Die Geschichte», sagte ich, «ist voll von Barbieren, die Spione waren. Ich weiß nicht, ob Ihnen das bekannt war.»

Augenblicklich dachte ich, dass er vielleicht eine Geschichte von Spionen erzählen könnte, die mir für meinen Vortrag nützlich war.

«Wenn Sie das auf mich beziehen, da sind Sie gewaltig im Irrtum, mein Freund. Was allerdings diesen Jungen betrifft, stimmt es, der hat was von einem Spion, aber in jedem Fall ist er nur ein Amateur. Ich nehme kaum an, dass Sie mir weismachen wollten, es hat Barbiere gegeben, die Berufsspione waren, ich jedenfalls kenne keinen.»

«Dann haben Sie wohl nie von dem Hamburger Barbier gehört», erfand ich.

Wieder merkte ich, dass seine Hand zitterte, was mich zunehmend beunruhigte, wenn ich bedachte, dass er bald an meinem Hals angelangt sein würde.

«Von einem Barbier aus Hamburg habe ich noch nie gehört», sagte er.

«Na, der war aber im Zweiten Weltkrieg ziemlich berühmt. Es wundert mich, dass Sie noch nie von ihm gehört haben.»

«Ich besitze Nachschlagewerke und habe schon viel über diesen Krieg gelesen, aber von dem Barbier habe ich noch nie gehört. Was hat der gute Mann denn spioniert?»

Aus dem Ton seiner Frage schloss ich, dass er mir nicht so recht traute. Ich dachte, am besten sollte ich meine Erfindung mit echten Daten vermischen, so vorgehen wie die Doppelagenten, deren Informationen teilweise echt sind, um den falschen den Anschein von Echtheit zu geben.

«Zunächst», sagte ich, «erhielt er den Auftrag, einen Mann, einen Feind seiner Regierung, ausfindig zu machen. Monatelang suchte er nach diesem Mann, bis er schließlich durch einen rein zufälligen Zwischenfall herausfand, dass der Mann die ganze Zeit über in einem Zimmer unmittelbar nebenan gewohnt hatte.»

«Was war das für ein Zwischenfall?»

«Als eines Tages jemand aus Versehen an seiner Tür klingelte, entdeckte er, wo der Mann wohnte, nachdem er schon in der ganzen Stadt nach ihm gesucht hatte.»

Für eine Weile verfiel er in Schweigen, ich nehme an, um nachzudenken. Dann unterbrach er sein Schweigen, um mich zu fragen:

«Sagen Sie mal, das ist nämlich das Allerwichtigste, von welcher Seite war der Barbier?»

Ich zögerte einen Moment, denn ich wusste nicht, warum das für ihn so wichtig war.

«Von beiden Seiten», sagte ich schließlich. «Ein Doppelagent. Sowohl die Alliierten als auch die Nazis glaubten, er gehöre zu ihnen. Es nahm ein schlimmes Ende, wirklich schlimm, wie Sie sich wohl vorstellen können.»

«Als könnte ich es sehen», sagte er. «Sie entdeckten und erschossen ihn.»

«Genau. In Braunschweig.»

«Von wem wurde er erschossen?»

«Von den Alliierten.»

Nach einer kurzen Pause sagte der Freund des Bösen in leicht aggressivem Ton zu mir:

«Die Alliierten waren riesige Arschlöcher.»

Schon seit einer geraumen Weile machte er sich an meinem Hals zu schaffen, so dass ich vorsichtshalber lieber nichts erwiderte. Der junge Angestellte kam gerade rechtzeitig zum Ende der Rasur mit dem Kaffee zurück. Ich atmete einigermaßen erleichtert auf. Noch nie waren mir die abschließenden Ohrfeigen zum Einklopfen der Gesichtslotion so willkommen. Als ich wieder stand und bezahlte, bot der Barbier mir eine Zigarette an, die ich annahm, nicht nur um ihn nicht zu kränken, sondern auch weil ich spürte, dass er mir etwas sagen wollte, das für mich vielleicht von Interesse sein könnte, was sich dann auch bestätigte:

«Ich will Ihnen mal was sagen», sagte er schon an der Tür, «vielleicht können Sie es für Ihren Spionageroman gebrauchen. Ich habe einen von ihnen gekannt. Ein reiches Muttersöhnchen, ein armer Teufel, ein junger Bursche, den die Roten im Bürgerkrieg in unser Bataillon eingeschleust haben.»

«Ein Muttersöhnchen, sagen Sie?»

«Der ihn geschickt hat, der wusste genau, dass es den Jungen das Leben kosten würde, solche Dreckschweine waren die Roten, die kannten keine Skrupel. Natürlich habe ich selbst auch nie welche gehabt ... Der Junge war ein armer Halbwüchsiger, ein Milchgesicht, der hatte noch keine Spur von Bartwuchs, und zwischen den Brauen war eine Art kreisrunder Blässe zu sehen, dieses Weiß, das Babys haben, wenn sie verstört sind und gleich losplärren, wissen Sie, was ich meine?»

Nein, ich wusste es nicht. Keine Ahnung, was diese runde weiße Stelle bei Babys sein mochte. Ich hätte ihm sagen müssen, er solle seine interessante, aber ziemlich seltsame Äußerung noch etwas genauer erklären. Stattdessen tat ich lieber so, als hätte ich ihn verstanden. Ich wollte nun mal keine Zeit verlieren und so bald wie möglich herausfinden, ob mir seine Geschichte von dem Baby-Spion nützlich sein könnte.

«Ich verstehe. Ein kreisrunder weißer Fleck, ein armes Baby als Spion ...»

«Sie halten es für einen Witz, aber da irren Sie. Er war kein Baby, aber ein armseliger, verkleideter Milizionär, ein für die Spionage völlig ungeeigneter junger Kerl.»

Dann erklärte er mir, er habe entdeckt, dass der Junge ein Spion der Roten war, als er sich mit ihm allein befand. Mitten auf einer Straße in Teruel hatte der Junge einen minimalen, aber sehr ungeschickten Fehler begangen, der ausreichte, um sich zu verraten. Guedes hatte rasch reagiert, während dem Jungen plötzlich vor Panik das Blut ins Gesicht geschossen war. Guedes hatte ihm einen mächtigen Kolbenhieb versetzt, so dass der Junge vornüberfiel und einen kleinen Abhang hinunterrollte zwischen lauter Rinnsale, die der Regen überall auf den Straßen gebildet hatte. Er wartete, bis der Junge sich wieder aufrappelte und versetzte ihm ganz brutal noch einen tierischen, dumpfen Schlag aufs linke Ohr. Wieder sackte der Junge zu Boden, und dort zerfetzte Guedes ihm dann noch das rechte Trommelfell.

Als der junge Spion der Roten mit zwei fürs ganze Leben zerplatzten Trommelfellen es endlich schaffte, wieder auf die Füße zu kommen, gab Guedes ihm mit Handzeichen zu verstehen, dass er in einer anderen Welt gelandet sei, nämlich in einer stummen Welt, und nie mehr im Leben ein einziges Wort zu hören bekommen würde. Von dem Tag an würde er der hilfloseste Spion der Welt sein.

«Mehr noch», schloss Guedes mit einem fiesen, erschreckend finsteren Grinsen. «Ich erklärte dem armen Teufel, wenn man ihn erschießen würde, könne er zwar nichts hören, sich aber das Pfeifen der Kugeln, die seinen Jungenkörper durchlöchern würden, sehr wohl ausmalen. Sie können sich nicht vorstellen, was für ein panisches Gesicht er machte, es gibt nichts Komischeres als einen Spion ohne Ohren, das ist wie ein Fußballer ohne Ball.»

Ich zog es vor, nicht länger dort an der Tür des Frisiersalons stehen zu bleiben und war in zwei Sätzen draußen auf der Calle Durban, wo es immer noch heftig goss, so dass ich in kürzester Zeit völlig durchnässt war. Hastig machte ich kehrt, betrat wieder den Frisiersalon und musterte diesen Mann, der ganz eindeutig ein ungeheures Schwein war.

«Sie sollten wissen, dass Kugeln nicht pfeifen, das passiert nur in Romanen», sagte ich zu ihm.

«Waren Sie nicht längst weg? Ich sehe schon, ich habe die Gefühle des Herrn verletzt.»

«Ganz genau. Ich weiß wohl, dass im Krieg Grausamkeiten begangen werden, doch es ist ein himmelweiter Unterschied, ob man damit auch noch prahlt. Ich kann nicht verstehen, dass es Ihnen Genugtuung verschafft, das Leben eines Jungen zerstört zu haben.»

«Sie haben doch schon bezahlt, oder? Dann können Sie längst gehen, und kommen Sie ja nicht mehr zurück. Die Roten sind mir zuwider. Im Übrigen weiß ich gar nicht, was Sie hier in meinem Frisiersalon zu suchen haben, aber Sie sollten wissen, dass ich nicht blöd bin.»

«Blöd sind Sie schon, wenn Sie glauben, dass Kugeln pfeifen.»

«Ich will Ihnen mal was sagen. Die damals haben gepfiffen. Sehen Sie, so sind die Dinge eben im Leben. Die damals haben gepfiffen. Eine hat sich dem Jungen obendrein noch ins linke Ohr gebohrt. Und als ich ihm den Gnadenschuss versetzte, als er schon am Boden lag, hab ich ihm noch eine Kugel ins rechte Ohr verpasst, für den Fall, dass es noch nicht ausreichend zermatscht war.»

Wäre Guedes nicht anschließend in dieses ebenso gehässige wie groteske Gelächter ausgebrochen, wäre vielleicht nichts geschehen. Doch seine faschistische Lachsalve, seine Verachtung für alles und jedes, sein aggressives Benehmen mir gegenüber ließen mich aus der Haut fahren, zumal ich ohnehin schon ziemlich gereizt war mit all meiner Unentschlossenheit, wie ich mich letztlich verhalten sollte, wenn ich Rosita begegnete. Ja, er ließ mich völlig aus der Haut fahren, und ich bewegte langsam die Lippen, um ihn glauben zu machen, ich hätte etwas gesagt, denn ich wollte, dass er merkte, wie es war, taub zu sein. Als er mich fragte, was ich ihm zu sagen versuchte, wappnete ich mich mit Mut – Mut, der mir fehlte, um, meinem innigsten Wunsch folgend, mich am Ende des Tages mit Rosita davonzustehlen –, und sagte ihm, er sei wirklich ein unglaubliches Arschloch.

Mut. Bemüht zu vergessen, was ich soeben getan und gesagt hatte, nicht mehr an die Beleidigung zu denken, die ich diesem Faschisten gerade tollkühn an den Kopf geworfen hatte, dachte ich einen Moment über den Mut nach und darüber, dass wir alle ein Quäntchen Feigheit besitzen, was kurioserweise manchmal für den einen oder anderen großen Schritt verantwortlich ist, den wir im Leben tun.

Um bei jenem Tag zu bleiben, von meinem Quäntchen Feigheit hing zum Beispiel meine Entscheidung ab, was ich schließlich und endlich mit Rosita zu tun gedachte, oder, anders gesagt, es ging um die ganzen nächsten Jahre meines Lebens, um nicht mehr und nicht weniger. Nicht alle Tage hängt unser Leben an einem Faden, nicht alle Tage muss man Entscheidungen treffen, von denen man weiß, dass sie lebenswichtig sind, weil die Zukunft durch sie einen ganz bestimmten Verlauf nimmt oder einen diametral entgegengesetzten.

All das schoss mir innerhalb der knappen Zeitspanne von wenigen Sekunden durch den Kopf, bis ich unmittelbar in die Realität zurückgeholt wurde, als ich merkte, dass der Barbier endlich nach sichtlicher Verdutztheit über meine grobe Beleidigung reagierte und mich auf die Straße und in den prasselnden Regen schob, mit den Worten:

«Und du, verdammter Cyrano, bist, wie ich mir schon gedacht hatte, ein beschissener Roter. Und wehe, du wagst es noch mal, meinen Frisiersalon zu betreten und mein Leben auszuspionieren, mit welchen Absichten auch immer. Soll dich doch deine Mutter rasieren.»

Am unangenehmsten war mir nicht, dass er meine Mutter erwähnte, sondern dass er wusste, dass man mich Cyrano nannte. Ich bekam wahnsinnige Lust, ihm eine lebenslange Taubheit zu verpassen. Ich schüttelte meine klatschnassen Haare und fasste mich als Zeichen der Kriegserklärung an die Nase, anschließend zeigte ich ihm meine linke Hand und versetzte ihm eine gehörige Ohrfeige aufs rechte Ohr, was er mit einem linken Haken quittierte, woraufhin das Blut aus meiner Nase schoss und ich mir wünschte, ihn mit abgezogener Haut und von Kopf bis Fuß geteert und gefedert zu sehen. Es kam zu einer kurzen Prügelei mitten auf der Straße und im strömenden Regen, kurz, aber erbarmungslos und brutal, bis uns der junge Angestellte schließlich trennte. Wir waren schon völlig ausgelaugt, denn wir hatten den Kampf mit echter Wut geführt; wir waren nass bis auf die Haut und teils blutbeschmiert, da einige Schläge ihr Ziel genau getroffen hatten.

Der Regen und das Blut begleiteten mich bei meinem quälenden Heimweg die Calle Durban hinauf. Zum Glück war der Hausmeister dank der Uhrzeit nicht da. Im Aufzug bekam ich einen tödlichen Schreck, als ich in den Spiegel blickte und mir für einen Moment einbildete, mein Gesicht zerfressen und ohne Nase zu sehen, voller grabesgrünem Moder. Als ich den Mund aufriss und vor lauter Panik losschreien wollte, sah ich ihn zahnlos, und da entfuhr mir leise ein Name: Rosita.

Nun gut. Als ich die Wohnungstür öffnete, musste ich an den verfluchten Barbier denken, der es nicht besser verdient hatte, als nun ohne Frau und Sohn dazustehen. Doch schon während ich mir die Wunden verband, begann eine quälende Frage meine Gedanken zu überschatten. War es nicht genau das, was ich mir im Grunde genommen wünschte: Frau und Sohn loszuwerden, hier und jetzt, am Nachmittag um Viertel vor drei dieses merkwürdigen Tages, an dem alles darauf hinzudeuten schien, dass sich eine entscheidende Wendung in meinem Leben ankündigte?

Gewöhnlich verlief mein Leben sehr geruhsam, es war das Leben eines Schriftstellers, der daheim arbeitete, der realistische Romane schrieb, in einem bequemen Sessel Zeitungen las, telefonisch Aufträge entgegennahm, die Nachbarn mit einem Fernglas ausspionierte und ab und zu abends mit seiner Frau ins Kino ging.

Ein einfaches, friedliches, fast zufriedenes Leben. Ein Tag folgte auf den anderen, und zwar immer rasch und erdrückend monoton. Doch jener Wintertag, an dem mein gesamtes Leben von einem Quäntchen meiner Feigheit abhing, schien Goethe Recht zu geben, wenn er sagte, das Leben sei zwar kurz, der Tag aber lang. Er schien nicht nur Goethe zu bestätigen, sondern auch das, was Marilyn Monroe in Anlehnung an Goethe in einem ihrer Filme sang: *«One day too long, one life too short ...»*

Ich war ein Mann, in dessen Leben besonders denkwürdige Tage eher durch Abwesenheit glänzten. Doch an jenem Wintertag schien alles vollkommen schief zu laufen. Er versprach einer der Tage zu werden, die uns in der Rückschau endlos lang vorkommen und über die wir sogar schreiben – wie ich es schon tagelang hier in Premià im Schatten des hundertjährigen Maulbeerbaums tue; ja, wir schreiben darüber, sind besessen von dem Tag, an dem sich unser ganzes Leben in wenigen Sekunden entschied, wir schreiben, weil uns nichts weiter bleibt, als die Erinnerung an diesen Tag zu pflegen, und wir schreiben, dass er uns auf ewig unvergesslich bleiben wird: merkwürdige Zufälle des Lebens.

Wie es im Leben so geht, manchmal träumt man davon, sich zu rächen. Kaum schoss mir dieser Gedanke durch den Kopf, beschloss ich auch schon, den Roman, an dem ich gerade schrieb, die gesamte sozialkritische Trilogie, über Bord zu werfen und mich nie mehr mit Menschen zu beschäftigen, die mich mit Abscheu erfüllen, wie es der Barbier tat. Einen solchen Entschluss hätte ich nie gefasst, wenn Guedes mir nicht so zuwider gewesen wäre, doch inzwischen war ich auch von vielen meiner Entrechteten angeödet, von vielen meiner auf widersinnige Weise verklärten Figuren mit unglücklichen Schicksalen.

Waren denn nicht alle so verabscheuungswürdig wie der Barbier: der Elektriker und sein autistischer Sohn, der betrunkene Zwerg, der Botengänge für den Geflügelladen erledigte, oder die Verlobte des Sohnes der Eigentümer vom Obstladen, ganz zu schweigen von dieser Schwachsinnigen, die sich für die Teresa aus einem Roman von Juan Marsé hielt?

Ich beschloss, dass meine Trilogie und meine absurde Fixiertheit auf das Realistische ab sofort zur Hölle fahren sollten. Hegte ich nicht schon seit langem den Verdacht, dass es hinter jedem realen Bild ein zweites, viel realitätsgetreueres gab, und dahinter noch eins, das noch getreuer war, und immer so fort, bis man auf eine absolute, mysteriöse Realität stößt, die noch keiner je erblickt hat und die selbst der beste aller Spione niemals zu sehen vermag?

Ich hatte die *von ganz unten*, die Entrechteten, überschätzt und Jahre damit verbracht, mich mit ihnen allen verbrüdert zu fühlen, ohne doch je ihrer Familie anzugehören. Überdies war ich zu lange dem Irrtum erlegen, um glauben zu können, dass ich genug über die Figuren im wirklichen Leben wüsste, um sie in meine Romane aufzunehmen.

«Man glaubt», sagte ich mir, «dass man sie von Grund auf kennt, doch dann merkt man, dass man sich, abgesehen davon, dass sie im Herzen gehässig sind, in Wirklichkeit gar nicht an sie erinnern kann, wenn man über sie schreiben will, dass man nicht einmal weiß, welche Zahnpasta sie benutzen oder welche Farbe die Nachthemden haben, die sie zum Schlafen tragen.»

Schlagartig wurde mir klar, dass die Figuren, die mich tatsächlich interessierten, eigentlich nur der Phantasie entspringen konnten. Die anderen, die realen, konnte ich bestenfalls als die Nebendarsteller, die sie waren, eines Tages fotografieren.

Kurzum, während ich meine Wunden verband, schrieb ich im Kopf die ersten Zeilen eines Romans, in dem ich alles erfinden wollte. Auf diese unspektakuläre Art und Weise änderte ich an diesem Tag meinen literarischen Stil. Ich hatte wortlos einen Frisiersalon betreten und ihn wieder verlassen, wobei ich aus der letzten Stunde keinen größeren Nutzen hätte ziehen können. Obwohl mir einige Schläge wehtaten, fühlte ich mich angenehm erfrischt und rasiert, und vor allem leicht an Gepäck, denn die Realität war in der Tat immer sehr schwer gewesen, eine unerträgliche Last. Insgeheim war ich überglücklich, mich von dieser Bürde und dem Zwang befreit zu haben, bis ins letzte Detail die Pickel am Arsch meiner Nachbarn zu beschreiben. Insgeheim war ich glücklich darüber, wobei ich mir dachte, dass ich, so wie das Leben nun mal spielte, bereits angefangen hatte, Rache zu nehmen.

Unverhofft kam mir Ramón Ruiz in den Sinn – den ich allerdings schon vorher in meinem Vortrag hatte erwähnen wollen –, ein trauriger Freund meines Bruders Máximo. Er war ein merkwürdiger Junge, der zum Spielen in unser Elternhaus kam und den Traum hegte, Musiker zu werden, wobei er immer behauptete, allein kraft seiner Phantasie wundervoll Gitarre spielen zu können. Wenn Máximo und ich ihm dann auf die Hände schauten, sahen wir, dass es durchaus der Wahrheit entsprach, und sagten ihm das auch, was ihn für kurze Zeit glücklich machte und ihm ein zufriedenes Lächeln entlockte, doch dieses Lächeln währte nie lange und verkehrte sich am Ende in eine melancholische Niedergeschlagenheit, die sich fast perfekt seinem Gesicht und dem typischen Gebaren eines schwermütigen Gymnasiasten anpasste. Er war von schwacher, fast kränklicher Konstitution. Außerdem hatte er einen recht eigenwilligen Kopf und setzte sich gern über Verbote unserer Eltern hinweg, indem er uns dazu verleitete, im Winter bei offenem Fenster Zigaretten zu rauchen und so unsere Haut zu riskieren, falls man uns ertappte. Er behauptete, die Gefahr zu lieben, doch wenn er das sagte, der eher schwächlich und leicht verweichlicht wirkte, nahm man ihm kaum ab, dass er es tatsächlich ernst meinte. Eines Tages drückte er sich etwas klarer aus:

«Ich liebe die Gefahr, so wie sie mein Vater liebt.»

Da er das zum ersten Mal sagte, gingen wir nicht weiter darauf ein. Doch eigentlich war es ein schockierender Ausspruch, da Ruiz gar keinen Vater hatte, sondern allein mit seiner Mutter lebte, die den Tabakladen in unserem Viertel führte.

Anfangs war er nur Máximos Freund gewesen, als sein Banknachbar in der Schule, doch da er so oft bei uns zu Besuch kam und sich mir gegenüber ausgesprochen herzlich verhielt, obwohl ich drei Jahre jünger war – in dem Alter ist das ein himmelweiter Unterschied –, fand ich ihn mit der Zeit immer sympathischer, auch wegen all der frei erfundenen Geschichten, die er uns erzählte, wenn wir bei offenem Fenster Rumbo-Zigaretten rauchten.

An dem Nachmittag, als er das mit der Gefahr wiederholte, die er genau wie sein Vater liebte, verstummten Máximo und ich und machten ein Gesicht, das ihm zeigen sollte, wie seltsam seine Worte seien, wo er doch korrekterweise hätte sagen müssen: «Ich liebe die Gefahr, so wie sie mein Vater geliebt hat.» Oder war sein Vater etwa nicht schon seit vier Jahren tot?

Er verstand augenblicklich, was wir ihm wortlos mitteilen wollten, warf seine brennende Zigarette aus dem Fenster und erzählte uns von einem Abend vor vier Jahren, an dem er gewartet hatte, bis seine Mutter einschlief, um die dreißig Stufen hinabzusteigen, die ihre Wohnung vom Tabakladen trennten, und dort seinem Vater ein paar Zigaretten zu entwenden. Diesen nächtlichen Raubzug hatte er dringend und klammheimlich erledigen müssen. Seine Schulkameraden lachten schon alle über ihn, weil er in seinem Alter noch nicht wusste, wie es war, eine Zigarette zu rauchen. Also stieg er mit einer Taschenlampe die Stufen hinab und betrat den Tabakladen, doch nachdem er die Päckchen mit Rumbo-Zigaretten bereits an sich genommen hatte, musste er sich plötzlich unter dem Ladentisch verkriechen, weil er plötzlich Schritte auf der Straße hörte, einen Schlüssel im Türschloss und eine Stimme – die seines Vaters –, die zu zwei Herren sagte:

«Treten Sie ein, aber machen Sie bitte keinen Lärm, denn dort oben schläft meine Familie.»

Ruiz war völlig verdattert, denn die Stimme seines Vaters klang irgendwie anders als sonst. Halb tot vor Angst wurde ihm dort hinter der Theke klar, wie wenig er eigentlich von seinem Vater wusste, den er zumindest in einer Hinsicht noch wiedererkannte: Er liebte es, Gefährliches im Dunkeln zu treiben.

«Na schön, hier ist also der Bericht», hörte er seinen Vater sagen.

«Und warum unterzeichnen Sie ihn auf Englisch? Warum haben Sie mit Hugh Greene unterschrieben? Warum denn nicht mit einem beliebigen Namen wie Hinz?»

«Oder Kunz», sagte sein Vater in gereiztem Ton. «Meine Herren, ich glaube, Sie haben nichts verstanden. Halten Sie sich an Ihren Part, die Papiere zu überbringen, und stellen Sie nicht so viele Frage. Die Entscheidung über die Unterschrift geht Sie nichts an.»

«Verzeihung, es war ja nur eine Frage.»

«Also gut, wir können jetzt gehen», sagte sein Vater.

«Wollen Sie Ihrer Familie nicht noch Lebewohl sagen?»

«Sie schlafen doch, wozu sie wecken. Schließlich werde ich ja irgendwann zurückkommen. Oder nicht?»

«Die Mission ist gefährlich, Herr Greene. Aber wir alle wissen, dass Sie kühn und gerissen sind und vertrauen darauf, dass das Glück Ihnen hold ist.»

Sie traten wieder hinaus auf die Straße, und Ruiz blieb immer noch mit dem Schrecken in den Knochen dort hinter dem Ladentisch in der Dunkelheit des Tabakladens und rauchte die erste Rumbo-Zigarette seines Lebens. Anschließend stibitzte er noch zehn weitere Päckchen und begab sich wieder nach oben in sein Zimmer. Er wusste, dass er niemals auffliegen würde, denn am nächsten Tag würde sein Vater nicht mehr da sein, um den Diebstahl zu entdecken.

Abgesehen von dem Schlag auf die Nase, die, so geschwollen wie sie jetzt war, mein unglückliches Profil noch stärker betonte, gelang es mir, die übrigen Prellungen in kurzer Zeit im Bad zu kaschieren. Anschließend begab ich mich direkt in die Küche, und obwohl ich gerade nichts Geringeres als meinen literarischen Stil geändert hatte – dergleichen passiert einem ja nicht jeden Tag –, dachte ich, so seltsam es scheinen mag, an etwas viel Banaleres, zweifellos eine Nebensächlichkeit, an etwas, das Carmina mir fertig zubereitet im Kühlschrank hinterlassen hatte: einen Eintopf.

Gerade noch hatte ich eine lebenswichtige Entscheidung getroffen, und doch war es ein simpler Eintopf, der mich in Gedanken fesselte. Tja, so sind wir. Wir können elendig zu ertrinken drohen, und doch beschäftigt uns eine beliebige Lappalie, ein Fingerschnalzen unserer Mutter an einem fernen Morgen unserer Kindheit.

Kurzum, bei den Sportnachrichten im katalanischen Fernsehen schlang ich den Eintopf hinunter. Später schaltete ich auf einen anderen Sender um und sah leibhaftig einen Altstar, einen Sänger, den ich längst für tot hielt. Der wieder aus der Versenkung aufgetauchte Sänger sang *play-back* den langweiligsten Hit eines längst vergangenen Sommers: *«Chérie je t'aime, chérie je t'adore.»*

Mich befiel eine ungeheure Schläfrigkeit, die wohl mit den Unmengen Eintopf zu tun hatte, die ich verdrückt hatte. Ich schielte nach den Zeitungen und begann auf einmal begierig die Schlagzeilen zu lesen, ohne jedoch etwas aufzunehmen, dann überflog ich einige Nachrichten und stellte völlig irritiert fest, dass die meisten dort genannten Personennamen mir überhaupt nichts sagten. Ich warf einen Blick in mein Horoskop, das Rosita hätte verfasst haben können: «Der Mond vereint heute Saturn und Aries und verleiht gewissen Umständen eine Bedeutung, die Sie dazu veranlassen könnten, eine Veränderung in Ihrem Leben vorzunehmen.» Ich blickte wieder in die Nachrichten und verstand wie schon vorher fast nichts, außer dass dem spanischen Nachrichtendienst gewisse Geheimpapiere gestohlen worden waren. Fast schon im Halbschlaf fragte ich mich, ob ich mich mit meiner neuerlichen Abkehr von der Realität nicht enttäuscht in mich zurückzog. Ich sah wieder fern und verfolgte wie hypnotisiert einen Mann in einem Zeichentrickfilm, der tief gebückt daherlief und dabei einer dieser Nüsse ähnelte, die in der Schale vertrocknen. Als mir der Gedanke kam, dass er mir glich, musste ich lachen, woraufhin ich die Realität erneut zum Teufel schickte. Am Ende wurde der Mann zum Opfer der Dramen anderer, der Nachbarn in seinem Wohnviertel. Es war richtig, die Realität aufzugeben, dachte ich bei mir, und so ganz nebenbei ihr trügerisches Gleichgewicht sabotiert zu haben. Während mir das noch durch den Kopf ging, hatte ich plötzlich das Gefühl, ich sei zu sehr in mich zusammengesunken, wie in mir selbst gefangen. Mehr noch, ich glich meinem Vater, wie er, über den Asphalt geneigt, Selbstgespräche führte und mit den Ratten im Untergrund Zwiesprache hielt, immer fast flüsternd und geheimnisvoll, in tausendundeine Grübelei versunken. Hatte ich mich, jetzt wo die Realität hinter mir lag, vielleicht auch in eine vertrocknete Nuss verwandelt? Jedenfalls bin ich ganz schön in Verwirrung geraten. Ich gähnte zweimal hintereinander und drohte einzunicken. Ich machte erneut einen Versuch, mit der Realität in Verbindung zu treten, und schaute zum Fernseher. Im Pay-TV entdeckte ich einen schwimmenden Schweinswal. Halb erstaunt, halb schläfrig versackte ich starr in meinem Sessel. Dann schreckte ich aus meiner Erstarrung wieder hoch. Der Schweinswal schwamm immer noch.

Ich sah ein, dass ich einschlafen würde, wenn ich nichts dagegen unternahm, und stand auf, um ein Buch von Virginia Woolf zu holen, in dem nach meiner Erinnerung von einem Londoner Spion die Rede war, einem Spion mit schwarzen Handschuhen und einem todbringenden roten Schirm.

Ich wusste genau, dass ich nicht einnicken und die Konzentration verlieren durfte, nicht mal für eine Minute, denn ich musste unbedingt meinen Vortrag vorantreiben. Ich fand das Buch und befreite es erst mal von einer Staubschicht des Vergessens. Eine Viertelstunde später musste ich zu meinem Erstaunen feststellen, dass meine Erinnerungen an das Buch nur noch spärlich waren, obwohl ich es erst vor zwei oder drei Jahren gelesen hatte. Trotz angestrengter Suche konnte ich nicht die leiseste Spur der Spionagegeschichte darin finden. Tatsächlich wäre ein Spion in diesem Roman völlig fehl am Platze gewesen, mehr als in jedem anderen. Immer wenn Spione in Büchern auftraten, gab es Action, selbst, wenn die Spione ganz starr und reglos ein Fenster bewachten. Doch in Virginia Woolfs Roman kam alles vor außer Action, er war eher wie ein Theaterstück, das ich in meiner Jugend gesehen hatte, wo es um Dinge ging, «die geschehen, wenn nichts geschieht»; darin wurde die Geschichte eines x-beliebigen Tages im Leben von Clarissa Dalloway geschildert, einer Dame der Londoner High Society. Es begann an einem sonnigen Junimorgen des Jahres 1923 mit dem Kauf eines Blumenstraußes und Clarissas Stadtbummel und endete noch am selben Abend, als Partygäste ihr Haus verließen; ganz alltägliche und eher banale Ereignisse ergaben die Geschichte dieses Tages, an dem nichts geschah.

Von Müdigkeit, Virginia Woolf und dem Eintopf überwältigt, nickte ich am Ende doch ein. Auf einer Ebene auf halber Höhe eines Hügels, von wo aus ich lediglich den Rand eines lichterfüllten Abgrunds sehen konnte, den die Vögel überflogen, hielt ich reglos in einem Korbsessel meinen Nachmittagsschlaf, behütet von meinem guten und von meinem schlechten Schatten: sie waren Schwestern, wenn sie auch seit Jahren kein Wort mehr miteinander gewechselt hatten.

Die Hitze war unerträglich, innerhalb und außerhalb des Traums. Aus dem Abgrund, dessen Boden ich nicht sehen konnte, ertönte Musik aus einem Kofferradio. Ein Sommerhit war zu hören: «Bedaure, ich versteh nicht mehr / was du tust, wovon du redest. / Und auf der Welt, wo du angeblich warst / die's wie ich glaube gar nicht gibt / ist niemals was passiert.»

Die Musik erklang auf dem Dorfplatz. Es wurde getanzt. Als eine leichte Brise aufkam, erzitterte eine nahe Buche und weckte mich.

Ich wachte aus meinem Traum auf und schaute erschrocken auf die Uhr; es war schon nach fünf. Ich hätte Bruno von der Schule abholen müssen. Mich befiel leichte Panik beim Gedanken, wie es meinem Sohn in diesem Moment wohl ergehen mochte. Gar nicht auszudenken. Was auch immer gerade mit ihm passierte, es war ganz sicher nichts Gutes. Ich stürzte hinaus auf die Calle Durban. Dort suchte ich nach einem Taxi und beschloss, als ich keines fand, zu Fuß zur Schule zu laufen und beschleunigte meinen Schritt. Ich bog in die Calle Martí ein und lief dann die Calle Verdi hinunter, hastete an dem Gebäude vorbei, in dem ich um acht Uhr meinen Vortrag halten sollte, bog in die Calle Dos Senyores ein und erreichte schließlich die Plaza Juliver, wo die Schule lag.

Ich sagte mir, bestenfalls würde ich Bruno etwas weinerlich, aber wie üblich auf seinem Ranzen sitzend antreffen, den Blick stur zu Boden gesenkt. Daran, dass ich meinen Sohn am Morgen dabei ertappt hatte, wie er zur Decke starrte, dachte ich in dem Moment nicht.

«Ich bin einem sehr bösen Mann begegnet, einem Mann, der mir gesagt hat, dass er ein Kind ist», sagte mir Bruno, als ich ihn endlich aufgetrieben hatte.

Bei diesen Worten schaute er mir direkt in die Augen. Aber das war nicht das Erstaunlichste, sondern dass ich ihn auf dem Platz, weit weg von der Schule, gefunden hatte, wo er auf dem Brunnenrand saß.

«Aber was machst du denn hier?»

«Ich habe mich verlaufen», war seine Antwort. «Was ist mit deiner Nase los?»

«Hast du dich verlaufen, oder bist du ausgebüxt?»

«Das war ein sehr böser Mann. Der hat mich zu einem Auto gebracht, um ein paar kleine, frisch gebürstete Hunde anzuschauen. Dann sind drei Männer in Schwarz gekommen und haben den Mann mitgenommen.»

«Und wohin haben sie ihn mitgenommen? Waren die von der Polizei?»

Er zuckte mit den Achseln und sagte nur:

«Was weiß ich. Sie haben ihn mitgenommen, und die kleinen Hündchen haben sie auch mitgenommen. Zum Abschied hat er mir wieder gesagt, dass er ein Kind ist.»

Wie ich vermutet hatte, war die ganze Geschichte frei erfunden. Das bestätigte sich bald darauf, als ich mit dem Direktor der Schule redete. Bruno litt wieder unter einer seiner plötzlichen Attacken ausufernder Phantasie. Der Unterschied zu den bisherigen Flunkereien war, dass er mir, während er mir all das erzählte, furchtlos in die Augen blickte. Ich hatte nicht den Mut, ihn zu tadeln, wie sonst immer, wenn ihn diese unerfreulichen Launen überkamen. Insgeheim bewunderte ich ihn sogar wegen seiner reichen Erfindungsgabe.

«Ist gut», sagte ich, «lass uns heimgehen, niemand wird mehr versuchen, dich zu kidnappen.»

Wir liefen langsam die Calle Verdi hinauf, er an meiner Hand, wie ich vor vielen Jahren meinen Vater begleitet hatte, wenn er die Entfernungen zwischen den Apotheken vermaß. Wir liefen ganz langsam, als hätte ich noch massenhaft Zeit, meinen Vortrag fertig zu stellen. Als wir auf der Calle Verdi an der Veranstaltungshalle vorbeikamen, verspürte mein Sohn den Drang, seine Flunkereien auf die Spitze zu treiben. Möglicherweise lag es auch daran, dass mir auf einmal einfiel, vor der Halle stehen zu bleiben und auf die Eingangstür zu starren.

«Der Mann, der mir gesagt hat, dass er ein Kind ist», sagte Bruno, «hat mich gezwungen, dass ich mich auf seine Knie setzte, damit ich die Hündchen besser sehen konnte. Dann hat er mir die Geschichte von Schneewittchen erzählt und gesagt, dass ich ein Mädchen bin. Was ist mit deiner Nase los?»

Ich hatte den Eindruck, dass Bruno zu weit ging, doch ich biss mir auf die Lippen, schließlich war es nicht so schlimm, wenn er sich einmal gründlich austobte. Hatte ich nicht kurz vorher selber noch auf die Phantasie gesetzt? Im Übrigen war es, wenn man es recht bedachte, gar nicht so schlecht, dass Bruno endlich den Mut gefasst hatte, hochzuschauen und seinen Vater anzusehen. Wenn man es recht überlegte, war es auch gar nicht so schlecht, ihn endlich nicht mehr ständig geistesabwesend zu sehen, immer mit diesem Blick nach unten, auf die Schuhe oder den Teppich gerichtet, völlig grundlos und ohne jede Veranlassung wie bei seinem Großvater, der wenigstens noch die Stimmen des Untergrunds erforschte.

Das war ein Riesenfehler. Ich hätte nicht so gebannt zur Halle auf der Calle Verdi starren sollen. Noch während mein Sohn Bruno sich das mit Schneewittchen ausdachte, merkte er, dass ich ein Problem mit dieser Halle hatte. Doch dort so gebannt hinzustarren war nicht mein einziger Fehler. Den zweiten beging ich mit der Antwort, die ich Bruno gab, als er wissen wollte, was ich nur mit dieser Halle hätte, dass ich dort so hinstarrte.

«Na ja, in zwei Stunden wird dein Vater hier einen Vortrag halten.»

«Und worüber willst du reden, Papa?»

Dritter Fehler:

«Über die Welt der Spione.»

Diese Antwort hätte ich mir lieber sparen sollen.

Bruno schrie begeistert auf. Noch merkte ich nicht, wie schlimm mein Fauxpas war, denn zunächst sah ich nur die Begeisterung des Jungen. Auf einmal – vierter Fehler –, hatte ich den Eindruck, mein Sohn sei ein wunderbares Wesen, es sei mir nur jahrelang entgangen. Und ebenso unvermittelt – fünfter Fehler – schoss mir mit einem seligen väterlichen Grinsen durch den Kopf, ich sei wohl doch schwer im Irrtum gewesen, wenn ich mir immer gesagt hatte, Kinder zu haben, sei Sache primitiver Menschen, sinnlicher Krüppel, sexueller Analphabeten oder Verantwortungsloser.

«Und was willst du über die Spione sagen?»

Sechster und entscheidender Fehler, der allerschlimmste.

Ich begann davon zu erzählen, wie die Spione ihre Verfolger mit der als Zickzack bekannten Methode abschütteln. Vor dem Eingang einer Metrostation springen sie aus dem Taxi, dann vor einem anderen Metroeingang noch mal aus einem anderen Taxi, nehmen die Bahn in letzter Sekunde und springen mit einem Satz wieder auf den Bahnsteig, bevor die Türen schließen, durchqueren ein ums andere Mal ein Haus mit Vorder- und Hintereingang, dann noch eins, nehmen ein anderes Taxi, das sie an einer einsamen Haltestelle absetzt, wo sie schweißnass und keuchend ankommen, überzeugt, dass doch alles sinnlos war, um dann irgendwie heimzukehren und dort lautlos zu weinen – wie echte Männer angeblich weinen –, weil sie sich schrecklich einsam, zu alt und ausgelaugt fühlen und nicht wissen, warum sie immer noch an einem so seltsamen Leben hängen.

«Ich will zu deinem Vortrag kommen, Papa.»

Erst da merkte ich, dass ich gleich eine ganze Reihe von Fehlern begangen hatte. Da ich Brunos Dickkopf kannte, war mir klar, dass ich mir das Leben schwerer nicht hätte machen können. Der Junge war glatt fähig, seine Mutter zu beschwatzen, ihn zum Vortrag mitzunehmen, und dort würde die dann ihrer Schwester über den Weg laufen, was für eine Bescherung.

«Bruno sagt, du wirst über Spione reden. Wie merkwürdig», würde Carmina sagen.

«Nein, das habe ich nur erfunden», würde ich entsetzt erklären.

«Egal, der Junge ist ganz versessen darauf, dich zu hören, das ist doch schon ein Fortschritt, es ist doch phantastisch, dass er Interesse zeigt, dich zu sehen; ich werde ihn zum Vortrag mitnehmen.»

Herrliche Aussicht, dachte ich.

Vor lauter Schreck stöhnte ich auf.

«Was ist los mit dir, Papa?», fragte der Junge sofort.

«Nichts, es ist nichts.»

«Und die Nase? Was ist mit deiner Nase? Das hast du mir noch nicht gesagt.»

«Nichts», fuhr ich ihn an. «Ich werde es dir nur einmal sagen. Du gehst nicht zum Vortrag. Ich habe den Eindruck, du hast ganz vergessen, dass du lernen musst. Außerdem hast du eine Strafe verdient, weil du von der Schule ausgerückt bist.»

«Ich will aber hin. Lass mich hingehen.»

«Bis morgen erhältst du Stubenarrest.»

Mehr Fehler hätten mir in so kurzer Zeit gar nicht unterlaufen können. Oder hatte ich sie vielleicht sogar absichtlich begangen, damit mir am Ende des Tages keine andere Wahl mehr blieb, als mit Carmina weiterzuleben?

Das sagte ich mir unter Brunos tränenreichen Protestgeschrei als Hintergrundmusik, und dann folgte ich meiner üblichen Neigung, nur an unwichtiges Zeug zu denken, wenn ich mich in brenzligen oder wichtigen Situationen befinde, und ließ mich, als wir in die Calle Matí einbogen, vom erstbesten Unfug ablenken, der mir in den Sinn kam, und das war die Erinnerung an einen Reklamekalender, den ich im Frisiersalon auf der Calle Durban gesehen hatte und auf dem zwei weiße Kaninchen in einer verschneiten Schweizer Landschaft abgebildet waren.

Wie typisch diese Schweizer Reinheit und die schneeweißen Kaninchen, rief ich innerlich aus. Noch während ich diesen heiligen Schwachsinn dachte, stolperte ich fast über Camilo, den jungen, obdachlosen Bettler aus dem Viertel, einen notorischen Alkoholiker und ehemaligen Junkie, der unentwegt auf der Suche nach dem Schuldigen für sein Unglück zu sein schien.

Camilo erinnerte mich zuallererst an den Botenjungen vom Lebensmittelladen, der mich während eines langen Jahres meiner Kindheit weidlich quälte, indem er mich die Treppe in meinem Elternhaus raufjagte. Er erinnerte mich auch an die Person, die ich eines Tages sein könnte, wenn ich den Panikattacken erlag, die ich nie loswurde. Ich befürchtete, ich würde verrückt werden, wenn ich es nicht schon war, denn die Leidenschaft raubt jedem noch so vernünftigen Menschen irgendwann den Verstand, obwohl sie oft genug auch die Verrücktesten zur Vernunft bringen kann. Eine Sache stand für mich im tiefsten Herzen fest: Der Verzicht auf Rosita würde mich davor bewahren, den Verstand zu verlieren, was bedeutete, wenn ich ihre warmherzige Schwester behielte, könnte ich, der ich schon selbst verrückt genug war, weiterhin sicher eingerichtet im Gefängnis eines Lebens mit Familie der vernünftigste aller Männer sein.

Dann war da noch diese andere Seite meiner Panik, vor der ich ebenfalls flüchtete, und der junge Stadtstreicher hatte die schlechte Angewohnheit, mich regelmäßig daran zu erinnern, seit er zu dieser Hülle seiner selbst geworden war, in die wir uns zwangsläufig alle früher oder später verwandeln. Dieser andere Aspekt meiner Panik hatte mein ganzes Leben bestimmt und mich zur verzweifelten und unermüdlichen Suche nach einem noch so bescheidenen Platz in irgendeiner Ordnung getrieben: im Universum, in einer Versicherung, in einem Heim für versponnene Schriftsteller, im Gefängnis eines Familienlebens, das im Vergleich zur Einsamkeit oder zum Abenteuer immer noch das geringere Übel schien.

Der junge Stadtstreicher streckte seine Hand aus und bat ohne Scham um ein Almosen, wobei er einen Spruch aufsagte, den ich schon auswendig kannte.

«Hör mal, du, ich hab ein Wörtchen mit dir zu reden.»

Er sagte ihn immer so, als hätte er mich noch nie gesehen oder noch nie so mit mir geredet, und seine geistige Verkümmerung war mir ein Dorn im Auge. Ein junger Mann, durch Drogen gealtert und zur Ratte verkommen, der nur noch für seinen Alkohol und seine sonstigen Laster bettelte. Wie gewohnt versuchte ich ihm auszuweichen, was für ein Albtraum, nichts hasste ich mehr, als von geistig Verwirrten auf der Straße angehalten zu werden, oder das Gegenteil: diese Gesellen, die sich dir unter dem Vorwand in den Weg stellen, dass du ihnen deine Unterschrift auf ein paar Papiere gegen Drogen setzen sollst. Doch ihnen auszuweichen war ein verdammt schwieriges, wenn nicht unmögliches Unterfangen; wenn man solchem menschlichem Abschaum in die Arme lief, musste man sich notgedrungen mit viel Geduld wappnen, es war ein wahres Kreuz, wenn man dem jungen alten Camilo in die Klauen geriet.

«Hör mal, du, ich hab ein Wörtchen mit dir zu reden.»

Während er seine Forderung wiederholte, warf er mir wie schon so oft, einen schielenden Blick aus dem einzigen noch verbliebenen Auge à la Poliphem zu, in seinem Fall ein sehr trauriges, totenblass wirkendes Auge, das nur am unteren Rand einen kleinen farbigen Kranz hatte, und darunter der grässlich zuckende Tränensack: das alte und einzige Auge eines jungen Mannes.

«Hör mal, du, ich hab ein Wörtchen mit dir zu reden.»

Zu Recht verglichen ihn die Bewohner in diesem Viertel – abgesehen davon, dass sie ihn duldeten – mit einem Papagei, einem Papagei-Paperl, wie ihn die andalusische Verkäuferin von der Calle Martí in ihrer liebreizenden Art nannte, diese junge Frau von der Bäckerei, die mich wegen ihres Aussehens so stark an Rosita, aber auch an Carmina erinnerte – nicht umsonst waren die beiden Schwestern, obschon die eine der leibhaftige Teufel und die andere die Treue in Person war – und die soeben die Szene mit Camilos Überfall beobachtete, während sie wie immer fröhlich ihr Kuchenbrot schnitt.

Jedes Mal wenn ich durch das Viertel lief und das Pech es wollte, dass mir der junge Bettler in die Quere kam, fluchte ich leise, da ich wusste, wie schwer es besonders mir gelang, ihn loszuwerden. Das Schlimmste, wenn er einem über den Weg lief, war die ungeheure Geduld, die man aufbringen musste. In jungen Jahren hätte ich ihm auf der Stelle etwas Geld gegeben und sicher noch ein paar aufmunternde Klapse auf die Schulter, denn damals war ich noch ein leicht rebellischer junger Kerl, kritisch gegenüber meiner eigenen gesellschaftlichen Schicht, der Bourgeoisie. Wäre ich damals Camilo begegnet, hätte ich ihm die Hand gereicht, denn Proletarier oder Zerlumpte fanden meinen Zuspruch. Im Laufe der Zeit wurde ich etwas klüger, und mein Zorn weitete sich auf nahezu den gesamten Rest der Menschheit aus, unabhängig von der sozialen Schicht; nur bei den armen Schluckern von der Calle Durban machte ich eine Ausnahme, weil ich wusste, dass diese jämmerlichen Gestalten mir dabei von Nutzen sein könnten – was sich dann bestätigte –, mich zu einer Art moralischer Instanz aufzuschwingen, was wiederum mit einer soliden literarischen Karriere einhergehen sollte.

Als ich an dem Tag auf Camilo stieß, richtete sich meine Empörung schon fast ausnahmslos gegen alles. Der Arme hätte gar keinen besseren Moment auswählen können, um mich zu belästigen. Als Erstes wünschte ich mir, sobald ich sein abstoßendes Gesicht erblickte – so abstoßend, dass ich es nicht mal für *Glücklose Gestalten* benutzen wollte –, dass es nur die Andeutung eines Gesichts wäre, der Streif, den irgendein Passant in der Luft hinterlassen hatte.

Ohne Erfolg. An diesem Wintertag merkte ich, unterwegs auf der Calle Martí auf der Höhe der Bäckerei, wie schwierig es zu bewerkstelligen sein würde, dass er mir aus den Augen ging. Ich warf der andalusischen Brotverkäuferin, die mich so sehr an Rosita und Carmina erinnerte, weil sie wirklich eine perfekte Mischung aus beiden Schwestern war, einen beinahe Hilfe heischenden Blick zu, und sie lächelte auf eine halb engelhafte, halb perfide Art. Entsetzt von der Zudringlichkeit des Mannes mit nur einem Auge, drückte Bruno mit all seiner kindlichen Kraft meine Hand. Daraufhin schaute ich den ungelegenen Bettler herausfordernd an und war völlig verstört, als ich eine einfache, offensichtliche Tatsache bemerkte, die mir bisher entgangen war. Eine Offenbarung, die mit meiner plötzlichen Erkenntnis zusammenhing, dass mich neben dem Zorn, den Camilo in mir erregte, dieser verlorene Blick aus dem einen Auge in der Ruinenlandschaft des Gesichts eines Junkies immer auch geschmerzt hatte, ja, *geschmerzt* war das passende Wort.

Und auf einmal verstand ich, warum ich der Einzige aus dem gesamten Viertel war, der sich stets am meisten ängstigte, wenn ihm der junge Stadtstreicher über den Weg lief, der mich nicht nur an meine panischen Versuche erinnerte, mir einen noch so bescheidenen Platz in irgendeiner Art von Ordnung zu verschaffen, sondern der mich noch dazu in eine

Welt schrecklichen Schmerzes stieß. Was immer die Gründe sein mochten, die ich bis heute nicht genau kenne – ich war sehr verletzlich und übertrieben empfänglich für diesen Blick, der einen tief wurzelnden Schmerz widerspiegelte und eine seltsame Macht über mich besaß; er ging mir so durch Mark und Bein, dass er mich schließlich selbst in tiefsten Schmerz verwandelte.

Camilo muss es auf seine Art gespürt haben, denn er bedrängte mich heftiger als alle anderen Bewohner des Viertels. Doch an dem besagten Tag auf der Calle Martí hatte er nicht damit gerechnet, dass ich völlig zermürbt war von all den Sorgen, die ich mit mir herumschleppte, und als er auftauchte, mein weit über das Menschenmögliche strapazierter Geduldsfaden endgültig zu zerreißen drohte.

«Verschwinde von hier», sagte ich. Ich bekam richtig Lust, gehörig auf ihn einzuprügeln, und um der Versuchung nicht zu erliegen, schenkte ich der andalusischen Verkäuferin einen Blick, den sie mir mit einem breiten Lächeln dankte, was mich unverhofft daran erinnerte, dass schon in zwei Stunden Rosita vor mir im Publikum sitzen würde und mein Vortrag – momentan war der junge Stadtstreicher mein größtes Hindernis – immer noch nicht fertig war.

Ich glaube, wenn der junge Obdachlose geahnt hätte, wie gespannt meine Nerven in dem Moment waren, hätte er sich mir nicht in den Weg gestellt.

«Ich habe dir gesagt, du sollst Platz machen», herrschte ich ihn erneut an.

Und da geschah das Schlimmste. Bruno sagte mir aus falsch verstandenem Opportunismus, dieser Bettler sei der Mann, der ihn wie ein Mädchen behandelt habe. Sogar Camilo erfasste, in eine Alkoholwolke gehüllt, die Schwere dieser Anschuldigung. Vor Bruno tat ich so, als schenkte ich seiner Aussage Glauben, und fragte ihn, ob er sich dessen, was er gesagt habe, auch sicher sei. Der Junge kratzte sich am Kopf und sagte schließlich:

«Doch, bestimmt. Der Mann denkt, ich habe Korkenzieherlocken, das hat er zu mir gesagt.»

Anscheinend litt ich allmählich an Verfolgungswahn, obwohl ich nie dazu geneigt hatte. Das mit den Korkenzieherlocken klang wie eine versteckte Anspielung auf die Frisur von Rositas Tochter. Ich war nahe daran, die Nerven zu verlieren, doch dann versuchte ich mich wieder zu fassen und in aller Ruhe darüber nachzudenken. Bruno sprach von Korkenzieherlocken, aber er konnte sich unmöglich auf die eines Mädchens beziehen, das er, obwohl es seine Cousine war, gar nicht kannte. Ich versuchte mich zu beruhigen, aber ich wusste nicht wie. Mir fiel nichts Besseres ein, als auf Vergangenes zurückzuschauen. Ich besann mich auf den Tag, als ich Rosita kennen gelernt hatte, sie in einer Menschenmenge mitten auf den Ramblas entdeckte, wo ich mich zufrieden im sorglosen Strom des Gedränges treiben ließ; Rosita ging untergehakt mit zwei Freundinnen, eine weiß, die andere hellblau gekleidet; Rosita trug keine Strümpfe und hatte offenes Haar, und sie warf mir einen feurigen Blick zu; kurz zuvor hatte es in Barcelona geregnet, und die untergehende Sonne spiegelte sich schillernd in den Pfützen. Ja, ich verliebte mich auf Anhieb, und wie es das Schicksal wollte, traf ich sie eine Stunde später in einem Restaurant wieder. Ich wäre glatt auf den Rücken gefallen, wenn mir in dem Moment jemand gesagt hätte, dass dieses eher flatterhafte Mädchen eine Schwester hatte, die ich einmal heiraten würde.

Ich wandte den Blick zurück in die Vergangenheit und entsann mich meines ersten Treffens mit Rosita, und dann richtete ich ihn wieder in die Gegenwart, schaute hinüber zur Bäckerei auf der Calle Martí und sah, wie die Verkäuferin mir zum Abschied vielsagend zulächelte.

Dieser unerwartete Abschiedsgruß – vielleicht eine Vorwarnung, dass ich Rosita nach dem Vortrag verlieren würde? –, die ausufernde, boshafte Phantasie meines Sohnes, die Heidenangst, die ich ausstand, und der aufdringliche, einäugige Blick des jungen Bettlers, all das schien sich gegen mich verschworen zu haben, der ich ohnehin schon immer kribbeliger wurde.

«Hör mal, du, ich hab ein Wörtchen mir dir zu reden.»

Wir hatten soeben die Calle Durban erreicht und befanden uns auf der Höhe des Frisiersalons, und Camilos Blick wurde so aufdringlich wie nie. Für mich verkörperte er die Panik, die mir die Ungewissheit bereitete, nicht zu wissen, wie der Tag enden würde, an dem mir alles signalisierte, dass sich mein Leben entscheiden würde. Zu allem Überfluss setzte Bruno, der wie alle Kinder überhaupt keinen Sinn für die Probleme seiner Eltern hatte, sein Spielchen ungerührt fort:

«Papa, der Mann hat mir gesagt, ich habe kein Schwänzchen.»

«Bist du dir da auch sicher, Bruno?»

«Und er hat mir gesagt, dass du auch ein Mädchen bist.»

«Hör mal, du, ich hab ein Wörtchen mit dir zu reden», sagte der Bettler zu Bruno.

Als er zum x-ten Mal seinen Spruch aufsagte, hatte er es endlich geschafft, dass mir, salopp gesagt, alle Sicherungen durchbrannten. Dass er sich an Bruno wandte, war das Letzte, was ich duldete.

«Hör mal, du, ich hab ein Wörtchen mit dir zu reden», bedrängte er Bruno, «nichts von dem, was du da sagst, hab ich gesagt», stammelte er, er war schwer betrunken, «hör mal, mein Junge, hör mal zu: *Boogie-Woogie.*»

«Doch, das hast du gesagt», sagte Bruno, und da zerrte der Strolch ihn auf einmal am Arm. Ich dachte mir, so weit kommt es noch, und zeigte dem jungen Stadtstreicher drohend meine flache Hand. Er starrte sie verdattert an und brach dann tatsächlich in Gelächter aus, als hätte er soeben ein unglückliches Schicksal in den Linien meiner Hand gelesen. Das war zu viel, ich trat einen Schritt vor und wiederholte meine Drohgebärde, und als Camilo einen Schritt zurückwich, verlor er das Gleichgewicht, kippte hintenüber und schlug hart gegen die Glastür des Frisiersalons. Vor lauter Schreck verstummte Bruno und stand da wie angewurzelt; sicherlich wird sich mein Sohn – schoss mir in dem Moment durch den Kopf – in ein paar Jahren diesen Vorfall auf der Couch eines Psychiaters von der Seele reden.

Der Barbier kam aus der Tür geschossen, um nachzusehen, was los war, und wenn ich eines von diesem denkwürdigen Tag nie vergessen werde, dann das verdatterte Gesicht dieses verfluchten Guedes, als er Camilo am Boden liegen sah und anschließend mich entdeckte, immer noch mit der Drohgebärde und streitsüchtigem Blick. Dermaßen geplättet war der Barbier, dass er keine Fragen stellte, sondern nur halb staunend, halb ungläubig angesichts dieses Schauspiels dastand, das Kinn in die Hand gestützt, geradeso, als dächte er von mir: «Donnerwetter, dieser Kerl, der legt sich heute wohl mit dem ganzen Viertel an.»

Ich weiß nicht, wie es kam, doch als wir wieder unseren Heimweg antraten und die steile Calle Durban hinaufstiegen – ich reichlich bedrückt, weil ich mich fragte, ob der Tag womöglich doch nicht so lebenswichtig war, wie ich dachte, und am Ende nichts anderes herauskam, als dass ich statt meines Lebens lediglich meinen literarischen Stil verändert hatte, was tatsächlich allein zählte –, legte ich mir auf einmal eine Theorie zurecht, damit ich nicht bis in alle Ewigkeit so weitermachte, und sagte mir, ob ich nicht vielleicht dieses Dilemma in der Liebe brauchte, um mich lebendig zu fühlen und eine Ablenkung zu haben. Kurzum, ich überlegte mir, ob das Problem meiner Unentschlossenheit in der Liebe mich womöglich vor einem anderen, weit größeren Übel bewahrte, einem Übel ganz anderer Dimensionen, einem Übel, dem ich mich endlich stellen sollte und das einmal zur Folge haben würde, dass bei meinem Tod mit mir alle meine Zweifel, meine Selbstquälerei und dieses ewige Dilemma in der Liebe, das mich fertig machte, sterben würden und desgleichen – so sagte ich mir – alle

Leidenschaften meines Lebens, meine Neugier und mein Hang zum Spionieren, das heißt, dass restlos alles mit mir sterben würde, und das hatte nur ein Gutes: Die Welt würde mit meinem Tod um einiges unkomplizierter werden.

Doch diese Theorie, dieses Heilmittel, das ich für all die Ängste aufgrund meines Dilemmas in der Liebe gefunden zu haben glaubte, war, wie ich sehr bald feststellte, weitaus schlimmer als die Krankheit selbst, und da erschien mir der weitere Aufstieg auf der Calle Durban noch beschwerlicher als zuvor.

«Macht nichts», sagte ich mir eingedenk der Worte meines Vaters, «eigentlich macht es ja nichts. Letztendlich heißt Tod nichts weiter als sterben.»

Aber das machte sehr wohl was, denn ich konnte mich wahrhaftig kaum schlechter fühlen, während ich mich weiter die Calle Durban hinaufquälte, ein einziges Häufchen Elend.

Was für ein Glück für mich.

Bekanntlich sind alle Hausmeister, wie die Taxifahrer, Spione. Nun gut, meiner war die Ausnahme von der Regel. Als ich an dem Tag wieder unser Haus betrat, war er noch immer ganz in seine Lektüre vertieft, diesmal in die eines Romans – paradoxerweise lautete der Titel *Immer dieselben Mappen seit Mata Hari* –, und merkte überhaupt nicht, dass ich eine halb gebrochene Nase hatte.

«Guten Abend», erwiderte er mechanisch meinen Gruß. Er war kein Mann vieler Worte und sprach fast mit niemandem. Ich erinnerte mich, ihn nur einmal in angeregter Unterhaltung gesehen zu haben. Da sprach er mit einem Nachbarn, und ich spitzte die Ohren, um unauffällig zu belauschen, was er sagte, als er soeben erklärte, das Grundstück, auf dem dieses Gebäude stünde, hätte eine sehr merkwürdige Geschichte.

«Nach dem Krieg», hörte ich ihn sagen, «hatte man hier ein Observatorium errichtet, ich weiß nicht, ob Ihnen das bekannt war.»

Wieder daheim verplemperte ich, angelockt vom blinkenden Licht im dunklen Flur, meine Zeit damit, den Anrufbeantworter abzuhören, obwohl mir die Vorbereitung meiner kleinen Rede auf den Nägeln brannte. Zwei Anrufe waren aufgezeichnet, einer von Carmina, die es verwunderlich fand, dass Bruno und ich nicht zu Hause waren, und ein weiterer aus Soria, wo man mir steuerfrei hunderttausend Peseten für einen Vortrag über den «Tod des Romans» bot. Hunderttausend Peseten, nicht schlecht! Ganz nebenbei würde ich die goldenen Pappeln und den Duero sehen und einen Ausflug nach Numantia machen. Aber was zum Teufel konnte ich schon über den Tod des Romans vorbringen? Würde der Roman vielleicht noch ein paar Worte stammeln, bevor er das Zeitliche segnete? Ich stellte mir den bedauernswerten Roman wie diesen Schauspieler aus einem Western von Nicolas Ray vor, dessen letzte Worte kurz vor seinem Tode waren: «Was bedeutet schon, was ich euch sagen kann, wo ich doch nur eine Nebenrolle spiele?»

Es amüsierte mich, mir folgenden Titel für meine Ansprache in Soria auszumalen: «Der Roman als Nebendarsteller». Später fragte ich mich, ob es wohl auch Spione in Soria gab oder ob sich alle in den Ruinen von Numantia versteckt hielten. Als ich mir eine Zigarette anzündete, kam es mir vor, als hätte ich das in der typischen Geste eines Spions getan. Einen Trenchcoat, eine schwarze Brille und einen unauffälligen, tödlichen Regenschirm. Das war alles, was ich brauchte, um mich als Spion zu verkleiden und mir meinen Vortrag am Abend zu erleichtern. Das Wesen der Spionage war die Täuschung, folglich wäre es ideal, den Vortrag verkleidet zu halten. Ich sagte mir, auch für Soria würde ich mich verkleiden, in dem Fall als Nebendarsteller oder vielleicht als goldene Pappel. Das würde man noch sehen, jedenfalls wollte ich fortan zu allen Vorträgen, die ich zu halten hätte, nur noch in Verkleidung gehen. Während mir das durch den Sinn ging, sah ich, dass Bruno in seiner Zimmertür stand und mich schweigend ausspionierte. Mal abgesehen davon, dass sein Blick wie eine Hommage an die beharrliche Allgegenwart von Kindern in Türrahmen wirkte – diese Allgegenwart, die den Eltern so auf die Nerven geht –, war es auch ein mitleidiger Blick, als ahnte Bruno, welche Vorsätze ich soeben gefasst hatte.

«Du hast Stubenarrest, vergiss das nicht», sagte ich.

Dabei fiel mir der junge Stadtstreicher ein, und sofort fand ich die Fortsetzung ganz einfach, kinderleicht. Ich brauchte mich nicht mal mehr in mein Arbeitszimmer zurückzuziehen. Die Calle Durban bot mir den Schluss, so wie sie mir bis dato die tragischen und realistischen Storys geliefert hatte. Warum sagte ich dem Publikum in der Calle Verdi nicht einfach, dass wir im Viertel von allem etwas haben – genau wie es einem die von einer Bank gesponserte Reklame in den Läden überall einhämmerte – und dass wir daher sogar mit einem jungen Mann aufwarten konnten, der als Bettler verkleidet eine ständige Hommage an den ersten literarischen Spion verkörpere, nämlich an den Barden namens Odysseus, der sich im vierten Buch Homers als Bettler verkleidete und so in einer trojanischen Stadt an eine lebenswichtige Information gelangte? Und wenn schon, warum eröffnete ich dann nicht gleich der gesamten Zuhörerschaft im Saal in Grácia, dass der Werbekalender des Barbiers von der Calle Durban mit seinen weißen Kaninchen und seinem kitschig schweizerischen Schnee eine hoffnungslose Sehnsucht verriet, weil man nicht der Chef der Abwehr bei der CIA gewesen war, der berüchtigten Einheit «ultrasupersecret deep snow»?

Genau dort, im dunklen Flur neben dem Telefon stehend, kam mir der Tag vor fünf Jahren in den Sinn – davon wollte ich in meinem Vortrag erzählen –, als ich mich gerade mit einem mexikanischen Freund am Telefon über Fußball unterhielt und plötzlich die Leitung gestört wurde, wodurch wir unverhofft mitten in ein fremdes Gespräch zweier Leute gerieten, die zumindest mir unbekannt waren

«Tarantini?»

«Ja, der bin ich.»

«Sind Sie es?»

«Ich bin Tarantini.»

«Hören Sie gut zu. Paloma. Soll ich wiederholen?»

«Nicht nötig. Paloma. Übrigens, haben Sie noch etwas über diese Frau herausgefunden?»

«Nichts, eine Nutte, wie wir vermutet haben.»

«Dachte ich mir.»

«Zwölf, dreiundvierzig, zwei. Soll ich wiederholen?»

«Bitte.»

«Zwölf, dreiundvierzig, zwei.»

In dem Moment hörte mein mexikanischer Freund auf, über Hugo Sánchez zu reden und sagte, er würde auflegen und wieder anrufen, denn bei dieser Störung könne man sich ja unmöglich in aller Ruhe unterhalten. Als er wieder anrief, warf ich ihm vor, dass er aufgelegt hatte.

«Worüber haben sie denn geredet?», fragte er. «Ehrlich gesagt habe ich kein Wort verstanden. Nur irgendwas von Paloma und dann eine Telefonnummer ...»

«Wie kommst du darauf, dass fünf Zahlen eine Telefonnummer sein könnten? Nein, das war eine chiffrierte Botschaft.»

«Quatsch, du bist ja verrückt und willst dich bloß über mich lustig machen», sagte er, und dann redete er wieder von Hugo Sánchez.

«Das war eine verschlüsselte Nachricht, ganz sicher.»

«Ich sehe, du hast immer noch nicht deinen Sinn für Humor verloren.»

Er redete nicht im Ernst. Ich hatte die Zahlen auf meinem Notizblock notiert. Ich unterbrach die Unterhaltung über Fußball, die mich längst nicht mehr interessierte, und legte auf. Auf dem Weg in die Küche prägte ich mir die Nummer ein. Die Apostel waren zwölf, dreiundvierzig mein Alter, und zwei wurde

Bruno am selben Tag. Als ich völlig sicher war, dass ich die chiffrierte Botschaft nicht mehr vergessen würde, machte ich mir einen Spaß daraus, Geheimagent zu spielen. Ich verbrannte die Nachricht im Ausguss, spülte die Asche mit dem Wasserstrahl weg und wischte die gelben Spuren und die braunen, klebrigen Reste mit Spülmittel ab. Ich schaute auf die Uhr und sah, dass es elf Uhr morgens war, also blieb mir gerade noch genug Zeit. Denn die Zwölf betraf ganz sicher den Zeitpunkt, zu dem Tarantini sich am Treffpunkt einfinden sollte, an dem Ort, den man mit dem von der Calle de la Paloma kommenden Bus der Linie – als ich das in meinem Stadtführer überprüfte, dachte ich, das kann kein Zufall sein, und verspürte dabei eine unbeschreibliche Erregung –, an dem Ort, den man erreichte, wenn man den Bus der Linie dreiundvierzig an der zweiten Haltestelle verließ.

Ich verlor keine Zeit, schnappte mir eine Aktenmappe, setzte eine schwarze Sonnenbrille auf und machte mich auf den Weg zur Calle de la Paloma bei der Casa de la Caritat. Dort nahm ich den Bus und stieg an der zweiten Haltestelle aus, da wo die Calle Viena und die Gravina zusammentreffen und sich eine Bar mit Terrasse, ein Krämerladen und ein geschlossenes italienisches Restaurant befanden. Ich nahm auf der Terrasse Platz, schlug eine Zeitung auf, bestellte einen Tomatensaft, legte die Mappe gut sichtbar ab – falls sie jemand gegen seine austauschen wollte – und genoss es, mich für eine Weile als Spion zu fühlen. Die Chance, dass ich mich auf der richtigen Fährte befand, stand eins zu hundert; das schien mir allerdings ausreichend, mir genügte diese vage Möglichkeit, um mich vollauf zufrieden, ich würde sogar sagen, ganz in meinem Element zu fühlen, denn schon lange verspürte ich den Drang, etwas Derartiges zu tun.

In Erwartung irgendwelcher verdächtiger Bewegungen und auch um so lange die Zeit totzuschlagen, machte ich die sporadischen Passanten und die Barbesucher – ohne ihr Wissen – zu Partnern in meinem geheimen Spiel. Alle ihre Äußerungen wurden damit verdächtig, obwohl ich wusste, dass sie es nicht waren. So weit wie möglich schrieb ich sie alle auf meinen Notizblock. Etwa den Spruch des einsamen Mannes, der versuchte, mit dem Kellner ins Gespräch zu kommen, und sagte: «In dieser Bar werdet ihr mich noch ruinieren.» Jeder Satz konnte eine Losung sein. Zum Beispiel die Bemerkung eines Passanten gegenüber einem zweiten: «Meine Mutter wird bald nach Hause kommen, und dann sind da zu viele Leute.» Die Äußerung eines Barbesuchers zu einem anderen: «Die Gesetze ändern sich.» Selbst ein Taubenschwarm, der unvermittelt auftauchte, über dem Dach eines Hauses kreiste und, als er abdrehte, einen hellen Klecks bildete – das alles erhielt, weil ich es so wollte, eine verdächtige Note.

Problematisch wurde es, als es zwölf schlug und immer noch nichts Bemerkenswertes geschah. Stattdessen begann ich mich verdächtig zu machen. Zwei Tomatensäfte, ein russischer Salat und eine zweimal von vorne bis hinten durchgelesene Zeitung. Ein Tischnachbar bat mich um Feuer und schien unbedingt herausfinden zu wollen, warum ich mich dort aufhielt. Ein anderer blieb auf einmal stehen und starrte unentwegt auf meine Mappe, doch als ich sah, dass der Arme einfach nur betrunken war, legte sich mein Schreck. Ein weiterer Taubenschwarm erregte bald darauf meinen Argwohn. Doch schließlich befiel mich schlagartig ein Hang zum Gähnen. Ich zahlte, bevor ich womöglich noch an Ort und Stelle einnickte, und beendete damit meine geheime Aktion. Ich folgte der Calle Gravina und entdeckte auf der Höhe der Pelayo völlig unerwartet Rosita mitten in der Menschenmenge, die in die Gravina strömte. Ich versteckte mich, so gut es ging, um ihr dann zu folgen, und sah schließlich, wie sie auf der Höhe der Calle Viena stehen blieb und auf einen jungen Araber zulief, den ich zuvor schon von der Terrasse der Bar aus hatte vorbeigehen sehen. Sie umarmten und küssten sich, lachten und raunten sich etwas ins Ohr, dann küssten sie sich wieder und verschwanden auf der Calle del Pozo. Wollte ich nicht etwas herausfinden? Nun, jetzt hatte ich es ja herausgefunden. Es hatte zwar nicht viel mit dem Telefongespräch zu tun, wo es um Paloma ging, doch dank seiner wusste ich nun, mit wem Rosita mich vormittags betrog. Deprimiert kehrte ich zur Calle Pelayo zurück und suchte mir ein Taxi. Währenddessen hielt ich Selbstgespräche:

«Ach übrigens, haben Sie etwas über diese Frau herausgefunden?»

«Eine Nutte, wie wir vermutet haben.»

Ich nahm mir vor, all das am Abend in meinem Vortrag zu erwähnen, obwohl ich selbstverständlich Rositas Namen ändern würde, etwa in Ramona, was sogar irgendwie witzig war. Und während mir das durch den

Kopf ging, immer noch dort im Flur stehend, fiel mir, obwohl die Zeit für die Fertigstellung meines Vortrags allmählich knapp wurde, unverhofft meine Lieblingsbeschäftigung ein, mit dem Gasanzünder Ameisen zu erlegen. Warum kam ich nur plötzlich auf solche Gedanken? Schwer zu sagen, denn in Wahrheit geschieht alles in unserem Leben ohne triftigen Grund. Seit Gott nicht mehr existiert, seit wir nicht mehr glauben, dass jemand über uns wacht, fehlt unserem Leben jegliche Bestimmung. Mein Bruder Máximo machte mir eines Tages klar, dass die Menschen früherer Jahrhunderte, die sich ihre Religiosität bewahrt hatten, glaubten, dass eine Gottheit ihnen zusah, und sie sich folglich – wie ein Fußballspieler unter den strengen Blicken des Trainers, dieses großen Spions – bemühten, den Zielen dieses Spiels, das Leben heißt, einen gewissen Sinnzusammenhang zu verleihen, damit es dem Blick dieses Betrachters genügt. Aber kein höheres Wesen sieht uns, und alles, was in unserem Leben geschieht, geschieht ohne jeglichen Grund. Deshalb ist es mir unmöglich zu erklären, warum ich unverhofft dort im Flur, ausgerechnet als ich es wahrhaftig eilig hatte, endlich meinen Vortrag zu Ende zu bringen, an mein mörderisches Hobby im letzten Sommer denken musste und meinen Erinnerungen nachhing, wie ich den Ameisen von meinem lächerlichen menschlichen Beobachtungsposten aus auflauerte und sie voller Wonne eine nach der anderen versengte, damit jede einzelne Ameise in den Genuss eines eigenen Todes kam, und wie ich in der gespielten Rolle eines unsichtbaren Gottes mehr als einer das Leben schenkte, besser gesagt, ihr noch eine

Gnadenfrist gewährte, sie dann eine Weile beobachtete und, falls sie meine Sympathie oder mein Mitleid erregte, einen Tag länger am Leben ließ.

An aufgeschobene Todesurteile zu denken – eine bei Melancholikern weitverbreitete Beschäftigung – lenkte meine Gedanken auf mich, denn, je nachdem wie sich dieser Abend entwickeln oder entscheiden würde, bliebe mir kein Tag Leben mehr, zumindest wirkliches Leben, so wie es diejenigen genießen, so dachte ich, die in glücklicher Eintracht mit ihrer Sehnsucht leben. Der Gedanke an aufgeschobene Todesurteile erinnerte mich daran, dass ich endlich den Vortrag zu Ende bringen musste, mit dem ich im Sinne einer gewöhnlichen Scheherezade mir selbst etwas vorgaukeln wollte, indem ich mir einbildete, es gebe eine Chance, Rositas Todesurteil aufzuschieben und mit meinen Worten an ihr Herz zu rühren, so dass zumindest deren Echo Rosita all die Jahre über, die wir getrennt sein würden – es sei denn, ich böte ihr im Saal der Calle Verdi Carminas Kopf – als wohliges, geheimnisvolles Raunen begleiten würde.

Während mir diese Gedanken durch den Kopf gingen, stieg in mir nach und nach eine unangenehme Erinnerung wieder hoch; an den Tag, an dem ich Rosita kurz nach unserem Kennenlernen auf der Terrasse der Bar auf der Plaza Pedralbes sagte:

«Ich werde dich immer lieben.»

Wie naiv, ich war von ihr wie geblendet. Es wäre mir eine Erleichterung, wenn ich sagen könnte, meine Liebeserklärung sei eigentlich nicht aufrichtig gewesen, doch das kann ich nicht sagen, denn ich war ihrem Charme völlig erlegen. Überdies war ich zu der

Zeit leicht entflammbar und auf der Suche nach der Frau fürs Leben. Man kann kaum behaupten, dass ich mich wesentlich verändert hätte, obwohl ich nicht mehr so naiv bin und mich mit dem Grau der Gefühle abfinde, mich an die Traurigkeit gewöhnt habe; ich bin ein hoffnungsloser Liebender.

Rosita kam mit ihren Lippen ganz nah an meine und sagte, nachdem sie mich mit einem Nagel gekratzt hatte:

«Ich werde dich, wenn ich will, am nächsten Mittwoch um sechs Uhr abends lieben.»

Ich versuchte gerade die unangenehme Erinnerung an den Tag wegzuwischen, als ich hörte, wie sich Carminas Schlüssel im Schloss herumdrehte, und wusste, dass sie gleich die Wohnung betreten würde. Rasch verschwand ich in meinem Arbeitszimmer in der Absicht, so zu tun, als arbeitete ich noch an meinem realistischen Roman, und natürlich hatte ich fast vergessen, dass ich einen Vortrag über «die mythische Struktur des Helden» halten sollte.

Endlich in meinem Arbeitszimmer, wo ich vor lauter Sorge, was für Ereignisse auf mich zukamen, ganz närrisch und wie von Sinnen war, verfiel ich plötzlich auf die absurde Idee, dieses Schreibzimmer müsste anders sein, als es war, nämlich voll gestopft mit vertraulichen Papieren mit allen möglichen verschlüsselten Zeichen bei stets geschlossenem Fenster und geschlossenen Gardinen. In dem Augenblick hätte ich alles dafür gegeben, dass es so wäre und ich zum Beispiel jegliche Art von Informationen über das Leben und die Geheimnisse von mindestens sechs Millionen Menschen, etwa ganz Kataloniens, bewachte.

In anderen Worten, ein echter Spion zu sein, nicht nur ein jämmerlicher Verfolger und Ausrotter von Ameisen.

Wie gesagt, ich war ganz närrisch und wie von Sinnen vor lauter Nervosität, weil mein Leben in den nächsten zwei Stunden vielleicht eine entscheidende Wendung nehmen würde; und ich fragte mich unentwegt, was das Schicksal mir wohl bescheren würde, wo doch eigentlich ich derjenige war, der diese Entscheidung zu treffen hatte. Da fiel mir wieder ein, dass Carmina mir eines Tages gesagt hatte: «Je mehr man eine Frau liebt, desto mehr läuft man Gefahr, sie zu hassen.» Was genau hatte sie wohl damit sagen wollen? Meinte sie vielleicht meine heimliche Leidenschaft für ihre Schwester?

Ich setzte mich an meinen Schreibtisch in der Absicht, so zu tun, als arbeitete ich an einem besonders schwierigen Abschnitt meiner realistischen Saga über die Elenden der Calle Durban. Wenn ich vorgab zu schreiben, konnte ich weiter nachdenken, etwa darüber, wie herrlich es wäre, wenn dieses Zimmer das Büro eines Spions wäre. Aber das war es nicht im entferntesten. Das Fenster stand offen, und der Raum war den verstohlenen, aber gezielten Blicken der Nachbarn im Viertel ausgesetzt. Nein, mein Arbeitszimmer war nicht der Geheimsitz eines Spions. Zum Ausgleich begann ich mich vor dem Spiegel so herzurichten, dass ich aussah wie ein echter Geheimagent. Ich hatte mir den Trenchcoat, die schwarze Sonnenbrille und den tödlichen Regenschirm ins Arbeitszimmer geholt. Fehlte noch etwas an meiner Verkleidung? Vielleicht hätte ich Mata Hari als Geliebte haben oder eben ein echter Spion sein müssen. Aber sich zu schämen, nur weil man keiner war, hatte auch keinen Sinn.

Ich stellte mir vor, wie ich eine halbe Stunde später die Stufen im Treppenhaus hinabstieg, immer noch unschlüssig, was für mein Leben besser wäre. Ich stellte mir vor, wie ich mit meiner Verkleidung als Spion, versteckt hinter der Aktenmappe, die ich für meine Vorträge benutzte, die Calle Durban hinunterlief. Erst auf den Toiletten des Veranstaltungssaals in der Calle Verdi würde ich mich umziehen. Den Vortrag würde ich halten, ohne die schwarze Brille oder den Trenchcoat auch nur für einen Moment abzulegen, und den mörderischen Schirm die ganze Zeit vor mir auf dem Tisch liegen lassen. Am Ende des Vortrags, wenn ich mich dank meiner Aufmachung als Geheimagent und hartgesottener Kerl selbstsicher genug fühlte, würde ich auf Rosita zugehen und mich, bevor ich mit ihr fortging, mit einem genialen Satz über die Liebe vom Publikum verabschieden: «Großes Spionenehrenwort», würde ich zu ihnen sagen. «Die Dauer unserer Leidenschaft hängt sowenig von uns ab wie die Dauer unseres Lebens.»

All das malte ich mir dort in meinem Arbeitszimmer aus und sagte mir dann, dass ich sicherlich nicht fehl ging in der Annahme, dass wahre Schriftsteller seit jeher leidenschaftliche Spione waren. Und ich sagte mir, dass ich selbst just in diesem Moment ein offenkundiges Beispiel dafür war, denn ich führte ein Doppelleben, ein Leben als Spion und zugleich ein Leben als Schriftsteller, der – wie alle Doppelagenten – in zwei Schwestern verliebt war, völlig verschiedene Frauen aus zwei feindlichen Lagern.

Ich schloss das Fenster meines Arbeitszimmers und zog die Gardinen zu. Draußen war es bereits dunkel, wie nun auch in meinem Arbeitszimmer. Ich fühlte mich immer mehr als Spion. Aber ich sagte mir, dass ich mich selbstverständlich irrte, wenn ich annahm, dass viele Schriftsteller genau wie die Spione eine seltsame Art zu leben haben, denn sie waren Menschen, die sich auf ihren Beobachtungsposten in ihren dunklen Schreibzimmern schrecklich einsam fühlten, während sie sich hinter geschlossenen Vorhängen unzählige Verwicklungen ausdachten, die alle außerhalb stattfanden.

In dem Augenblick platzte Carmina ins Arbeitzimmer herein, mit Bruno an der Hand. Sie wirkte ziemlich nervös, ja aufgebracht.

«Warum hast du die Gardinen zugezogen?», wollte sie wissen und sagte dann, ohne eine Antwort abzuwarten: «Bruno will, dass wir zu deinem Vortrag gehen, er sagt, dass du über Spione reden wirst. Stimmt das?»

Ich saß auf meinem Stuhl und tat so, als sei ich mitten im Schreiben einer eminent wichtigen Passage unterbrochen worden.

«Verzeihung, was hast du gesagt?»

Sie hatte begonnen, Verdacht zu schöpfen.

«Wir begleiten dich zu deinem Vortrag», sagte sie. «Bruno und ich. Du freust dich sicherlich ... Ich gehe doch sonst nie mit, um dich zu hören. Ich liebe alles, was mit Spionen zu tun hat.»

Ein leicht bissiger Unterton war nicht zu überhören. Ihre Intuition sagte ihr wohl, dass Rosita unter den Zuhörern sein oder mich am Ausgang erwarten könnte. Das wurde deutlich, als sie mich fragte, ob ich mal wieder was von ihrer Schwester gehört hätte.

«Also bitte, ich schreibe gerade», sagte ich. «Was soll das mit den Spionen?»

«Bruno sagt, im Vortrag ginge es um Spione. Das finde ich hochinteressant. Wirst du erzählen, dass ich dir versprochen habe, dich immer zu überwachen, wie ein Spion, ein Leben lang?»

«Der Junge», sagte ich im strengsten Ton, den ich zuwege brachte, «ist von mir bestraft worden, weil er heute unentwegt Dinge erfindet. Bis morgen hat er Stubenarrest. Dazu habe ich ihn verdonnert.»

Bruno plärrte los. Seit der Heimkehr seiner Mutter hatte er wieder mit seinen Macken begonnen und unentwegt zu Boden gestarrt, und als er heulte, hielt er den Blick noch sturer gesenkt.

«Um ein Haar hätte er sich eine eingefangen. Er hat sich sogar erdreistet, mir zu sagen, man hätte ihn vergewaltigt. Hältst du das etwa für normal?», sagte ich in sehr überzeugendem Ton.

Meine Worte begannen schlüssig zu klingen.

«Stimmt es also nicht, dass du über Spione redest?»

«Aber ich bitte dich, wie kannst du einen derartigen Quatsch im Ernst glauben? Merkst du nicht, dass er sich nichts als Unfug ausdenkt?»

In dem Moment fiel Carmina meine geschwollene, rote Nase auf.

«Sag mal, was ist denn das?», fragte sie.

«Da siehst du mal, ein armer, lädierter Schriftsteller.»

Ich bin immer noch ein lädierter Schriftsteller. Hier in Premià im Schatten des hundertjährigen Maulbeerbaums, der den *Voyeur* Gottes einst das Wort «Mandarine» hatte sagen hören. Hier in Premià, wo ich seit Wochen die Erinnerungen an den wichtigsten Tag in meinem Leben niederschreibe. Seltsamer als jede andere Lebensweise ist die des Schriftstellers, der an einem Buch arbeitet, in dem er seine Erinnerungen an einen bestimmten Tag festhält, einen Tag, an dem er gegen Abend das Haus verließ, die Calle Durban hinablief und schließlich einen Vortrag hielt; einen Tag, an dem er gedachte oder davon träumte, ein neues Leben zu beginnen, um am Ende feststellen zu müssen, dass sich nichts geändert hatte, rein gar nichts. Abgesehen davon, dass der Vortragende seinen literarischen Stil wechselte, hatte ihm der Tag, den er immerhin für schicksalhaft gehalten hatte, fraglos keinerlei Veränderungen beschert. Aus lauter Furcht, seine Frau und sein Sohn könnten jeden Moment in den Vortrag auf der Calle Verdi hereinplatzen, ließ er sich ausführlich über «die mythische Struktur des Helden» aus. In der Mitte seiner traurigen Rede unterbrach ihn schließlich Rosita, kam vor aller Augen nach vorne und schenkte ihm einen vernichtenden Abschiedskuss, der ihn in der Seele traf. Fortan hielt ihn die Erinnerung an jenen Tag gefangen, dem er bis heute nachweint.

«Leb wohl», sagte sie zu ihm. «Sing ihnen nachher *Die merkwürdigen Zufälle des Lebens* vor.»

Am Boden zerstört, weil er es nicht gewagt hatte, den klassischen Helden durch die Katzengasse bummeln zu schicken, blieb der Redner einsam zurück mitsamt seiner lädierten mythischen Struktur, brach kläglich über dem Pult zusammen und konnte seinen Vortrag nicht mehr beenden. Später kehrte der arme Cyrano mit der lädierten Nase heim und fragte, was es zum Abendessen gebe. Man setzte ihm ein paar Hühnerkroketten vor, und er musste gegen die Tränen ankämpfen, während er beim Essen zu seinem Sohn sagte, seine Strafe sei ihm erlassen.

Heute hier in Premià, im Schatten dieses hundertjährigen Maulbeerbaums, werden wir ebenfalls Kroketten essen, wenn Carmina und Bruno aus dem Kino heimkommen. Nicht nur, dass mein Sohn inzwischen aufgehört hat zu Boden zu starren, sondern er will sogar Regisseur werden. Beim Krokettenessen werden sie mir von dem Film erzählen, und ich werde mich köstlich mit ihnen langweilen, und während sie mir ihre blöden Eindrücke all dessen schildern, was sie auf der Leinwand ausspioniert haben, werde ich meinen Erinnerungen an einen anderen, ebenso denkwürdigen Tag nachhängen, wie jener, über den ich seit Wochen heimlich schreibe, einen anderen Tag, an dem genauso wenig passierte, den ich aber auch nie vergessen habe, denn an dem Tag fand ich heraus, dass es Frauen gibt, die in der Lage sind, Männer glücklich zu machen, und dass es nur darum geht zu wissen, für wie lange.

An jenem anderen Tag war ich ebenfalls mit einem flatterhaften Mädchen verabredet, einem Mädchen mit dem Nachnamen Onetti. Ich wartete lange auf sie, bis am Ende eine etwas andere Onetti auftauchte, nicht das Mädchen, das ich erwartet hatte.

«Meine Schwester hat mich gebeten, dir zu sagen, dass sie krank ist und nicht kommen kann.»

«Gut, aber du bist gekommen», sagte ich.
«Ja, aber ich bin keine Frau für einen Tag.»
«Für wie lange denn so in etwa?»
«Für ein ganzes Leben», sagte Carmina.

Enrique Vila-Matas
Bartleby & Co.

Roman, 240 Seiten
ISBN 3-312-00288-5

Marcelo veröffentlichte seinen einzigen Roman vor 25 Jahren und fristet seither ein trauriges Dasein als Büroangestellter. Er leidet am Bartleby-Syndrom, benannt nach dem Kopisten, der seinem Vorgesetzten stets antwortete: «Ich würde vorziehen, es nicht zu tun.» Marcelo, der an seinem neuen Buch verzweifelt, versammelt in seinen «Fußnoten ohne Text» all seine Leidensgenossen in diesem Kabinett des beredten Schweigens: Beckett, dem das Verstummen im Grunde am Wichtigsten war, Rimbaud, der sich schon mit 19 Jahren gegen die Literatur entschied, und Franz Kafka, den chronischen Junggesellen, den ‹Scapolo› der Weltliteratur.

«Zahllose verführerische Miniaturen.»
Hermann Wallmann, *Die ZEIT*

«Virtuose Inszenierungen.»
Ute Stempel, *NZZ*

«Man sollte dieses quecksilbrige Buch als Sammlung von Fundstücken eines großen Lesers behandeln.»
Paul Ingendaay, *FAZ*

N & K